AVERTISSEMENT.

Le poème que je publie aujourd'hui a été présenté au concours de philologie institué par la *Société des langues romanes*, et dans la séance solennelle tenue par cette Société à Montpellier, le 13 mai 1883, il a obtenu une mention très honorable. Il était accompagné d'une Introduction, d'une Phonétique, d'une Morphologie, de Commentaires et d'un Glossaire très complet des formes verbales. On s'étonnera peut-être que du travail considérable soumis par moi aux juges du concours je ne fasse paraître que le texte du poème. On s'en étonnera moins, quand on saura que mon mémoire a été soustrait dans les archives et pour ainsi dire sous les yeux mêmes de la Société sans doute par quelque romaniste peu scrupuleux, soucieux de ne pas laisser tomber en désuétude les traditions séculaires des jongleurs :

> Or en ait-il mausgrez qu'ele li est emblée ! (1)

Je ne me suis pas senti pour le moment le courage de rechercher mes notes et de recommencer *ab ovo* un aussi long travail ; je le ferai plus tard quand d'autres travaux en cours d'exécution seront terminés, à moins toutefois que le généreux inconnu, qui détient mon manuscrit, ne m'en évite la peine en le publiant lui-même. Je me suis contenté dans cette édition de reproduire fidèlement le poème, ne me permettant que de rares changements là où l'exigeait la correction du style ou la mesure du vers. Dans le doute je me suis abstenu. On ne me reprochera pas, je l'espère, d'avoir trop altéré la physionomie du manuscrit. Les additions, que je me suis cru autorisé à faire, sont placées entre parenthèses. Les retranchements et les modifications que je me suis permis trouveront pour le lecteur leur contrôle immédiat dans la leçon du manuscrit rejetée au bas de la page. Les mots écrits en italique indiquent les passages qui dans les *Notes et Conjectures* placées immédiatement après le poème font l'objet d'une observation.

Un glossaire, je ne le méconnais point, eût été très utile et le lecteur regrettera sans doute d'autant plus l'absence de phonétique et de morphologie, qu'un plus grand nombre de formes appellent une remarque ou une explication. Que l'on veuille bien me témoigner quelque indulgence en raison de ma mésaventure et faire retomber sur l'auteur et ses complices de la soustraction le poids de cette omission forcée, dont je suis le premier à souffrir et que j'espère réparer un jour.

Ma publication actuelle n'a d'autre but que de mettre sous les yeux des connaisseurs, avec le texte du poème, les restitutions que j'ai risquées, les explications que j'ai essayé de donner des passages obscurs et les conjectures à l'aide desquelles j'ai tenté de rétablir ceux qui m'ont paru altérés. « C'est ma coutume, dit Pline (2)

(1) *Romania*, janv. 1884, p. 13.

(2) *Lettres* VIII, 19.

quand je destine quelque ouvrage au public, de le soumettre auparavant à la critique mes amis. » Je ne saurais mieux faire que de l'imiter, et mes amis dans cette occurren sont tous ceux (excepté mon voleur, bien entendu) qui s'intéressent aux études romane

Mon excellent collègue, M. O. Nicoles (un nom qui n'est point inconnu des lecteu de la *Romania*) a bien voulu m'aider de son expérience pour la révision du texte et correction des épreuves. Qu'il me permette de lui adresser ici tous mes remerciments.

La Flèche, 25 novembre 1884, en la fête de sainte Catherine.

DESCRIPTION DU MANUSCRIT.

Le ms. de la Passion Ste-Catherine, inscrit au catalogue de la Bibliothèque municipale de Tours sous le n° 945, forme un petit volume de 66 feuillets parchemin, mesurant hors reliure 0,163 millimètres de long sur 0,593 de large. Le nombre des vers par page varie de 19 à 22. L'écriture, très lisible, paraît appartenir à la fin du XIIIe s.; il provient de Marmoutiers.

Il est relié en maroquin brun, avec fers, écusson style XVIIIe s., au milieu duquel on lit : Bibliothèque publique de Tours. Entre la feuille de garde et le recto du 1er feuillet du ms. 3 feuillets blancs en papier épais et 2 en parchemin, sur le premier desquels est écrit C. 945. De même, à la fin du volume entre le vso du dernier feuillet et la feuille de garde 2 feuillets en parchemin, 3 en papier.

En tête du recto du 1er feuillet du ms. on lit : *Majoris monasterii* 2717 et au-dessous de ce nombre : *Iscrip. 519 catalogis*. Le premier vs. (non pas du poème, mais du ms.) vient ensuite :

Per nos fu besoinés et pris.

Le dernier vs. du poème, le 10e du f. 65 vso, est :

Durables Deus. Amen, amen.

Immédiatement après suivent 14 vs. latins, dont les deux derniers, transcrits au f. 66 rto, terminent le ms. Ces vs. fort mal tournés, sont précieux en ce qu'ils nous apprennent le nom de l'auteur :

Sic AUMERICUS, Pictave gentis amicus,
Eximie vitam Katherine transtulit istam.
Sit locus in celis monachis sancti Michaelis,
Quorum pars sumus.

Le début du poème manque. Dans le fragment considérable qui reste, les feuillets ont été intervertis, peut-être par la maladresse du relieur, peut-être antérieurement à lui, de telle sorte qu'il faut chercher le 1er vs. au f. 25 rto : *Pois a parlé*...... puis revenir en arrière au f. 9 rto : *Ja en mal*...... et, après avoir continué jusqu'au bas du 24 f. vso, rebrousser chemin jusqu'au f. 1 rto : *Per nos fu*.... Arrivé au dern. vs. du f. 8 vso, l'on doit sauter pour trouver la suite au f. 33 rto : *Iso me plai*..... A partir de là les feuillets se suivent sans interversion jusqu'à la fin. Je représente ici la correspondance du n° des feuillets avec le chiffre des vs. :

25 rto à 32 vso	=	vers	1 à 302
9 rto à 24 vso	=	—	303 à 910
1 rto à 8 vso	=	—	911 à 1216
33 rto à 65 rto	=	—	1217 à 2661.

Il devrait y avoir un nombre pair de vs., mais le vs. correspondant au vs. 1707 a été omis par le copiste.

On s'est aperçu, au dernier moment, que deux vs., à savoir les vs. cotés 285 *bis* et 287 avaient été omis par mégarde. On a pu les intercaler à leur place, mais non changer les chiffres des vs. suivants, de sorte que toute la numérotation, à partir du vs. 288, est en retard de deux unités.

V. Raynouard, *Lexiq. Rom.* tom. 1. *Recherches philologiques sur la langue romane*, p. XXII; Chabaille, *Archives des Missions scientifiques*, tom. IV, p. 452.

TABLE DES PRINCIPALES ABRÉVIATIONS.

càd. = c'est à dire.
cf. = *confer* (comparez).
ex. = exemple.
fr. = français.
m-à-m. = mot-à-mot.
ms. = manuscrit.
p. = personne.
pl. = pluriel.
pron. = pronom *ou* prononcez.
prov. = provençal.
R. = rimant avec.
s. = singulier.
v. = voir *ou* verbe.
vs. = vers.

ERRATA.

Pag.	6,	vs. 106,	*persis* a	*corrigez*	per s'ira.
—	8,	vs. 234,	appelleia	*corr.*	apelleia.
—	9,	notes,	319	*corr.*	329.
			324	*corr.*	342.
—	12,	vs. 694,	itar	*corr.*	ital.
—	20,	vs. 1375,	lorei	*corr.*	lo rei.

Dans les *Notes et Conjectures* ne tenir aucun compte de la note du vs. 106.

LA PASSION STE CATHERINE.

Le commencement du poème fait défaut, environ 200 vers. Nous comblons cette lacune en reproduisant la partie correspondante de la vie de Ste-Catherine par Jacques de Varaggio, dont l'œuvre du moine Aumeric est moins une traduction qu'une paraphrase (1).

DE SANCTA KATHERINA (2).

Katherina, Costi regis filia, omnibus liberalibus studiis erudita fuit. Cum autem Maxentius imperator omnes tam divites quam pauperes ad Alexandriam convocaret, ut idolis immolarent, et Cristianos immolare nolentes puniret, Katherina, cum esset annorum decem et octo et in palatio divitiis et pueris pleno sola remansisset, audiens animalium diversorum mugitus et cantantium plausus, misso illuc nuncio, inquiri jussit celeriter quid hoc esset. Quod cum didicisset, assumptis aliquibus de palatio, signo crucis se muniens illuc accessit ibique multos Cristianos metu mortis ad sacrificia duci conspexit. Que vehementi dolore cordis sauciata ad imperatorem se audacter ingessit et sic aït : « Salutationem tibi proferre, imperator, et ordinis dignitas et rationis via promonebat, si creatorem celorum agnosceres et a diis animum revocares. » Stansque ante januam templi per varias conclusiones sillogismorum allegorice et methonomice, diserte et mystice multa cum Cesare disputavit.

Pois a parlé cum hom irez 25 rto.
E coma traïtre desvez :
« Tosa, fait il, a mei entent.
Mult per parleses belament ;
Si i aguest point de raison,
Tot quant paroles, tot fust bon.
Mais per so que raison n'i a
Folz ert qui t'o autreiera.
Nos savom que la nostra sesta
De totes autres est electa.
Plen' est de gran religion
E de verté et de raison,
E cil qui iso comencerunt
Per grant raison o afermerunt.
De Roma nos vint toz cist biens.
Mult forunt sage en cel temps
Qui troverunt cest sacrifici ;
Mult forunt plen de grant justici.
E per so que li ancien
Establirent icest grant bien, 25 vso.
Faisem so qu'il nos enseignerent,
Qui plus saive del mundo erent.
Non est pas iso vanitez
Dunt avem tanz autoritez.
Mais nostra créensa n'est proz
E per fouz nos tenez trestoz.
Ml't est granz superfluitez.
De vos non sai qual deu créez.

---

(1) Peut-être serait-il mieux de dire qu'ils ont puisé à une source commune. De plus Aumeric a eu probablement connaissance de légendes inconnues à J. de Varaggio. Nous étudierons cette question plus tard.

(2) *Legenda sanctorum quæ nominatur Historia Lombardica*, Bâle, 1490, 1 vol. in 8° de CCLXVI feuillets à 2 col., dont le recto seul est paginé, fol. CCIX.

2 ms. *deveez*.

Ihs ot nom, hom fo mortalz :
Si il fust prodom e leialz,
Ja non fust livrés a martire
Si laidament cum auem dire.
Uns seus desciples lo traït ;
So non sai s'il s'en *(es)joït,*
Mais cut bien que il lo vende(t).
Non li *voltrun* donar respeit,
Que tals cum tu dis que il ere
Non fut mis en crois coma lere.
Iqui fu laidament penés, 26 r°.
En mainta guisa travaillés,
Dos clos as mans e dos als piés,
D'une lansa feriz au lez.
A la perfin fut mis en terre.
Anc venjance n'ot d'esta guerre,
Mais so troverunt sei ami
Qu'al ters jorn resurrex d'iqui,
Mais nos savem non fant a creire,
Ni lor parolla non fo veire ;
Non est pas saives *qui iso* crei ;
Per fol lo tein e faire o dei,
Si vos créés cesta follia,
Quar hanc sa pars non fo oïa.
Mais nostre deu lo sant soleil
E la luna, dunt me merveil,
Non sai per que dampnent iquest,
Quar autre non sai fors icest,
E sai que qui a euz non sert
Ja nn'avret rien de quant que quert. 26 v°.
Negun home non ten per bon
Ni de santa religion
Qui lo soleil non ten a dé,
Tuit o savont, non est celé,
E la luna tot ensament ;
Savum *qua* deu sunt verament.
Non est hom en tant longe *terræ*,
Si non lor vout ajua querre,
So que el quert que ja fait seit ;
Ben est donc fouz qui non los cret. »
Cesta chosa, que le reis dist,
Grava la donna e si s'en rist
E dist li, quant l'ot escouté,
De quei lo fara tot iré :
« *(O)r* vei que senz nulla raison
Vous comencer desputaison,
Quar tu dis d'iquest élément
E de ces autres ensament
Qu'il sunt ver deu poestaï,
Mais je non o crei *pais* isi.
Sai que Deus les élémenz fist
E lai, unt chascuns est, los mist,
E sai que senz l'ajua Deu
N'ant de poesté plus que eu.
Lo mister qu'il lor a doné
Non poünt faire estre son gré.
Ja le soleis non raierit,
Ni la luna non parestrit,
Si Deus de cel nol comandot,
Qui trestot sat e vet e ot ;
E que deus comandet si fant,
E non fant rien qu'il non comant.
Fol estes, qui a ces servés
E qui per deus les coutivez.
N'ant de poesté plus que voz,
Si Deus nel comandot toz sols.
Esgardes del soleil lo cors
E de la luna les decors.
Chascuns fait so que Deus li laisa ;
Sempres l'auce, sempres l'abaisa.
Agardes el cel les esteles :
Quant Deus vout, apareisent elles.
Saches qu'a son commandemant
Se torneiunt li firmament.
Esgardes la mer, quant il vent,
E quant s'en torna ensament :
Tals hora est se retrai fort,
Maint hom en sunt *persis* a mort,
Pois l'apaisa, quant il se vout,
E non rest pas tals cum il sout.
Veez la terra : per chaut durzist
E per ploia s'enmolleisist.
Quant deus (o) vout, la fai croller ;
Non li puet mia contraster.
Veez l'aer dunt la ploia vent :
Quant deu replait, si la retent.
Quant a una pessa plogu, 28 r°
Pois fait Deus bel per sa vertu.
Iso sunt li deu que créez ;
Bien o sachés, ml't i faillez.
Tuit estes escharni e mort,
Quar a Deu faides ml't grant tort.
Sachés que per icest péché
Sereis durablament dampné.
Pero si vos o laisesés
E a Deu vos convertissés,

70 ms. *Grava a la.* 74 *Vout.* 77 *vers deu.* 93 *p. a égal q. v.* 100 *D. o vout.* 106 *persir ou perfir.*

Nos lo savem si piu e bon,
Qu'el vos faroit de joi perdon.
Reis, ora t'ai, so cuit, mostré
E per raison, e per verté,
Que en ces deus non dés pas creire;
Bien saches, ma raisons est voire.
Non te chaut iso desrainer,
Quar nol pos per raison prover. »
(Q)uant l'emperere so oït,
Estrangement s'en esbaït. 28 v°.
Mervilla sei d'iso *c'oït*
De la pucella e si li dist :
« Tosa, ci vei ; grant sen as ml't.
Non pois muer que non t'escout,
Mais empero cestes parolles
Non autrei pas, que trop sunt folles.
Si tu fossas endoctrinéa
Des plus saives d'esta contréa
E fusses *alea* en Fransa,
Bien pos afermer senz dotansa
N'i aguest un desore tei
Qui plus saüst de nostra lei;
Ni cest'honors que nos faisem,
Que a nos deus sacrifiem,
Per tei, so sai, non fust reprisa,
Si fusses de nos gens aprisa.
Farem so c'avem comencé,
E quant avrem sacrifié,
O nos t'en irés el palais, 29 r°.
E, si vous ister en grant pais
E faire mon comandament,
Je te daræi bon garniment.
Si me volz creire, saches bien,
Quant que voldras avras de mei,
Mais te darei que nn'ot tes pere,
Qui fu reis e riches hom ere. »
(P)ois apellet un sen sirvent
E s(i) li dist isnellament
Que ses letres bien saiellées
Portast per totes ses contrées
Al(s) philosophes ancians
Als clers e als rectoricans,
A ceuz qui bon gramaje estient,
Qui lo lous de païens avient;
Tuit venessant en Alexandre
Lor sen demostrer i espandre,
E mandet lor que gasdessent
Que senz doptansa venesant, 29 v°.
E tuit icil qui i vendrent,
Segur siant, bor o farent.
Grant honor lor en promet mot;
Quant que voldrent, faria tot;
En sa cort seriant primer
Coma sei prince conseiller,
Si tant faisiant c'una tosa,
Que il teneit a trop janglosa,
Per lor clerzia venquessent
E conclusa la rendessent.
Ml't voldrit que se repentis
De sas losenges e *deuz* lais diz
Qu'ella dit encontra ses deus
E encor menace del peus.
« Mais, si tant es que seit vencue,
Sachés que sa morz es venue. »
E per so dit que sereit lait
Dés que (i)tant saiva se fait,
E itant fat de jutgemenz 30 r°.
De sofismes e d'argumenz,
S'isi la dampnot senz raison.
Anz ora la desputaison
Dels saives que il a mandé
Qui tuit serent encontra lé,
E pois que il sera vencue
E de son deu n'avra ajua,
S'adonc non vol sacrifier,
El la fara a mort livrer.
« Sachés que si zo estre pot
A grant aise morir l'estot. »
Li mesages aisi o fist
Cum ses sire lo reis li dist.
Allez est per tota sa terræ
Les plus saives gramares querre.
Or laissem lo mesatge ister;
El se peine de l'espleiter.
(Q)uant furent fait li sacrifise,
Comanda Maxenz que fust prise, 30 v°.
Mener la fist sus el palais,
Qui fu de riche ovra faiz.
Cesta dama de cui parlem,
Quar dreiz est e far o devem,
Li traïtres primeirament
Si l'apella ml't bellament,
E si li dist : « Bella pucella,
To nom ? Non sai cum hom t'apella,
Ni ne conois pas ton lignatge;
Ml't cuit que sés de grant paratge.

---

143 ms. *aua* ou *ana*. 181 *crerzia*. 194 *desputacion*. 209 *sacrifice*. 219 *ni reconois*.

Non sai quals maistres t'as agu,
Mais vei que lo sen t'an tollu.
Mais tu beutez e tes corz genz
Tes parolles e tes granz senz
Garentissunt (so) que tu *es*.
Si créesses en nostres dés !
Mais en tei solament folleies,
E preu Dé que (tu) t'en recreies,
Que nos deus, que nos preisem tant, 31 r°.
Vais laidament contrariant. »
(A)btant li respont la pucelle :
« Si vols saver con hom m'apelle,
Saches, dès que fui bateiéa,
Katherina soi *appelleia*,
E, si plus vols saver de mei,
Saches que soi filla de rei.
Costus fu apellés mes pere.
Tant cum visquet, riches hom ere.
Maistres agui saives forment,
Mais, per so qu'eront mescréent,
Lor enseigner non preisei gaire.
Non quier ja d'euz mencion faire,
Quar autra doctrina segquei,
Qui m'aprist (i)cest nostre dei.
Des quanc aperceu la lumneire,
Guerpui les tenebres o eire,
Laisai cella doctrina folla,
Quis autre maistre i aut(re) escola. 31 v°.
Dès quant l'avangeli entendui
E de Deu la verté sagui,
Ja seit so que je ere tosa,
Me voci a Deu estre esposa.
Quant oï que dist li prophete
D'iceuz qui segunt vostre secte,
Que trestoz les saives del munde
Non puet estre Deus nes confunde,
Coma que Deus de cel faiseit
Tot quant que il faire voleit.
E a mei venc en mon porpens
Que tuit li deu que ant païens
Sunt de fust e d'or e d'argent,
E, si nols crei, non m'en repent.
Bocha ant e ja non parlarant ;
Oreilles, e ja nonn oirant ;
Oilz ant e nulla ren non véent,
Lor semblant fant cil qui los créent :
E sai de ver senz nulla fable 32 r°.
So non sunt pas deu, mas diable.
Saches, ja mais non les creirai
Ni en euz non me fiarai.
Dès, que tu diz, crea tes deus
E *per* mez mei terras e feuz.
Dias mei qual poesté ant,
Per quei sunt fait e ren non fant ?
En semblanza d'ome sunt fait ;
L'un fait hom bel e l'autre lait,
Mais de toz les membres que ant
Rien non valunt, ni ren non fant.
Bien es donques fouz qui les cret,
Pois que issi malvais les vet.
Non est pas donc religions,
Ni dretz, ni ordres, ni raisons,
Anceis est mala diablia
De faire tant grant fellonia
D'iquez deus creire e coutiver,
Qui non vos poünt ajuer. 32 v°.
Il ne savont cum se sunt fait
Ni si ben o mal lor istat.
Il non savont con si sunt peint
Ni de qual color se sunt teint.
Qualque forme que tu leur donges,
Ni que que a tei les *revunges*,
Rien non savent, ni ren non sentunt,
Ne il de ren non se dementent.
Si los *encruches* en un arbre
O los metes sor un bel marbre
O les gez en un ben lait lo,
Ja ren non sentran de tot so.
A icès deus devés servir,
A icès devès obedir
Que non savont que es honors,
Ni ja per euz n'avrés socors.
Bien sunt tuit cil ben aüré
Qui lor poünt servir en gré.
Ja en mal no los socorrant 9 r°.
Ni en peril nols deffend(r)ant. »
(L)i mesatges est al retorn,
Passé furent ja plus d'oit jorn.
Assés ancis qu'il fust venus
Fu desirés i atendus.
Venguz est, i a amené
Ceuz que a ses sire mandé.
Saver poés qu'il amena
Les plus saives que il trova.
So dit le livres tot a comte :
Ab sei en amena cincante.

---

246 ms. *Guerpui* cf. 249 *entendui* B.*sagui*. 272 *E pro mez*. 289 *formes*.

Iquist avient senz losenge
Do toz les autres la loenze.
Icès non det hom refuser
D'izo qu'il voldrent afermer.
De toz les autres sunt eslit ;
Per euz oïr granz gens i vint.
Quant forunt venu cist doctor
Davant Maxent l'emperaor, 9 v°.
Demande de lor contenensa
E quauz ere lor sapiensa,
E il li distrent que il erent,
Responderent e se vanterent
Que sor toz les Orientauz,
Petis e granz e bons e mals,
Erent plus saive *verament*
E des arz e de jutgement.
« (E)mperere, nos demaudam,
Quar (tres)tuit nos en mervillam,
Per que tu as isi mandé
Los plus saives de ton regné.
Ml't es riches, que so faire oses ;
Ml't devont estre granz les choses. »
So lor respont li emperere :
« Granz est la chosa e besoinz ere.
Ci a, fait il, una pucella,
Saiva a meravilla e trop bella.
Jovenz d'aé, ml't a paroles. 10 r°.
Bien fu aprisa des escoles ;
Ben a esté endoctrinéa.
Non tem home, tant est sennéa.
Maintos clers en desputaison
A il vencus per grant raison
Que tuit estient fol clamé
Anz qu'il se partisent de lé,
Mais nostres deus iqueuz destruit
E dit que diable sunt tuit
E aferma per vérité
Que il n'ant nulla poesté.
Grant pesa a que eu l'ai prise ;
Bien la pogues aver ocise,
Que son deu non vol reneier,
Ni a nos deus sacrifier,
Mais meuz est, so m'est a viaire,
Pois que issi nos mot contraire,
Que avant seit per nos concluse :
E pois, si nostres deus refuse, 10 v°.
Non perdonarei a s'enfanza
Que je non prenna bien venjanza.
E mantes senz ert tormentéa
Si puet estre de nos sovréa.
Sachés, si vencre la poez,
Pro vos darei, segur istez.
Si volés areres tornier,
Riches dons vos farei doner,
E, si volés ister o mei,
Tostemps savrés tot mon secrei. »
(A) so que dist li amperere
Un dels saives qui venus ere
Per grant ergoil e per grant ire
Come(n)cet granz ergoilz a dire :
« A ! qual coseil d'emperaor
E qual sentenza de seignor,
Qui per una folla pucella
Toz ses saives a trames querra.
Icest travails est per nienz, 11 r°.
Que le plus crois de nos sirvenz
La vencrit bien, si con je crei,
Qu'il non set point de nostre lei.
Non es pas bens que tant saive home
Siant mandé per ital dame
Vos non nos conoisés pas ben.
Qui nos mandas per ital rien,
E pero, quals que ella seit,
Non nos noit, si chascuns la veit.
Sei donques avant amenéa ;
Orem qui est e dunt est néa ;
Bon est qu'il sache e li sei dit
C'anc mais, fors lei, saiva non vit. »
(E)ndementres fu ben gardéa
Cesta dama ben aüréa.
Or remembrest de lei a Dé !
Cincanta sunt encontra lé.
Uns mesatges vint qui li dist
Que venu estiant iquist, 11 v°.
L'endeman fust apareilléa,
Que de toz ceuz sereit rainéa.
Unques l'ancella Ihu Crist
Non ot paor d'izo qu'il dist,
Mais tote alegra e senz paor
Oret issi a son seignor :
« Oi (me), beuz sire, Ihu bons,
Qui conoises trestoz les tons,
Qui a tes amis comandas,
Quant predicar los envias,
Que segurament istesant
E ja paor non aguessant.

---

319 ms. *verament*z R. *jutgemenz*. 341 *Jovenz est d'aé*. 324 *apr. de ses esc.*

Sire Deus, membre tei de mei,
Quar eu n'ai ajua for tei.
Sire Deus, dona mei cest dos
Que quant que eu direi seit bos,
Que cist, qui me fant ml't contraire,
No me poschant negun mal faire;
Mais à mei, seigner reis de gloire, 12 r°.
Dona antr'euz aver victoire,
Si que parler non poschant mot;
O sivauz eu sore que tot
Fai les repentir, seigner Deus,
E conoistre quan grant tu es. »
A iquest moz ot chavoné
La raison que ot comencé,
Que l'angels Dé li aparit
O grant clarté; hanc tal non vit;
Si que le lues unt la dama ere,
Qui ml't *ere* escurs derere,
A grant mervilles esclarzit,
Si que grant paor en aguit.
Mais li angels, qui beu o sent,
L'a apelléa bellament :
« Tosa, Deus te manda per mei,
N'aies paor, qu'il est o tei.
Quanque hom te faré, suffris.
Deus t'otreia quant que as quis. 12 v°.
Ja iquist non te suffrerant,
Ni ja vencre non te porant;
Anz saches que tot de lor gré
Per tei se *tornærent* a Dé
E sufrirent per tei martire,
Qui te menasant or ocire.
Domentre que iso veirant
En Deu lo teu seignor creirant.
Tu méesma, saches en bré,
Sofriras martire per Dé;
O verges seras tormentéa
Coma l'esposa Deu privéa,
E pois regnarés verament
O lui sen fin durablament.
Je soi mesatges ton seignor
O cui tu as si grant amor.
Michael ai nom e soi archangels,
Quar princes soi des autres angels
E soi prooz de paradis. 13 r°.
Saches qu'a tei m'a Deus tramis. »
Otant co l'angels ot so dit
De la dama se départit.

Tota sola remast la tosa
Alegra fo mult e joiosa.
D'esta vision ot grant joi
E non ot islé mais un poi
Que l'emperere a comandé
Que li saive qu'il a mandé
Veignant a lui a la pucellæ.
Uns hom i vait qui les apelle.
Quant la dama fu apelléa,
A mervilles fu adonc léa;
Signe de crois fist en son front,
Pois en vait el palais amont.
Trestoz le pobles d'environ
Vait oïr la desputaison.
De l'una part sunt li doctor
Que cuident estre li meillor; 13 v°.
Ergoillos sunt per lor clerzia,
Mais per neient chascuns s'i fia,
E la dama de l'autra part.
Deus, per cui il i est, la gart!
Il l'esgardoient ferament;
Ella istot ml't simplament;
Qui que janglast, en pais istot
E empero pas nels dotoit,
Mais en son cuer preot a Dei
Que li membrast iqui de lei.
L'emperere si forsennot
Per est plait qui non comensot.
La pucela soleta era
E enpero parla primera :
« (E)nperere, cesta batailla
Tu l'ordenas (e n')i ai failla.
(En)cuntra una fenna sola
As amenæ(a) si grant rota.
Cist cincanta, que ici vei, 14 r°.
Sunt tuit vengut encontra mei.
Ml't *lor* as promis grant aver,
Si victori poünt aver,
Mais a mi n'as tu rien promis,
E fust bien dreiz, so m'est a vis.
Mais Deus me daré mon loier,
Si méisme que plus non quier.
El me daré forsa e ajua
Contra ceuz per cui soi venua;
E pero cist don te (re)quer,
Que non me pos per dreit véer,
Que si eu pois aver victoire
Que tu aors lo rei de gloire. »

---

412 ms. *eu non ai*. 428 *ert*. 460 *Jososa*. 461 *Dicesta*. 485 *Lenpereres*. 495 *lors* cf. 2191.

(L)e tirans d'iso s'irasquet
E si o tenc a grant respeit :
« Non as, fait il, d'iso que faire
Tal ren me dis qui m'est contraire.
De ma creensa, folla tosa,
Non vol ja sias cur(i)osa, 14 v°.
Mais fai so per que tu ci es,
E aiut tei, si pot, tes dés. »
(D)unc dist la dama als doctors,
Als saivos clers, als jutgéors :
« Pois que vos atendés loier,
Ben en devez meilz desputer.
Cisti genz, que (i)ci véez,
Vout oïr qual sen vos avés.
Vos devés, so m'est vis, parler,
Qui estes home, tuit primer.
Primes parout le plus sennez
E vos autre o escoutés,
E so c'avré en son porpens
Dia, qu'or est le lues e l'temps. »
Un en i ot ml't veil d'aé,
Rectorien saive e preisé,
Per so que mais vaut e mais set.
Davant les autres respondet :
« Tosa, tuit ensemble disem, 15 r°.
E dreiz est, que primes t'oem;
Que per ti sai, e pas ne fail,
Que nos sosmes en cest travail.
Pois que tu nos as fait mander,
Tu dés primeirament parler. »
(Q)uant so oït la sainta dame
Que parler puet fenna avant home,
Davant toz euz parla primeira,
Quant vit que comanda li ere :
« Ge fui, fait ella, ja paï(a)ne
Anceis que fussa crestiane,
Mais pois que laisei vostra via,
Qui est plena de grant follia,
E Dé mon seignor reconu(i)
Per saint baptizme que reçui,
Totes laisai vos escriptures,
Vos sofismes e vos figures,
Per les quals vos *faides li* fer.
E si ardi coma cengler. 15 v°.
Je guerpi tot quan soi del vostre.
Le(s) silogismes Aristotile,
Les invencions Galien,
E lo gramaire Precien,
E guerpi Tulle e Platon,
Quar n'i *trovoia* si mal non.
Laisei tos les vostres autors,
Libres apris asez meillors.
Tot gitei pur quant que savia ;
Tot ere de malvaisa via.
Per so o laisai tot ister
E quant que sou volc ublier.
So que de Deu ere apris ;
Cel qui non set ml't est chaitis,
Quar quant que est de lui est bon
E ren non sai, si de lui non.
La sapienci a vos toz,
Quar n'est de llui, sai que n'est pros.
Ml't a bon maistre en Ihu Crist, 16 r°.
Qui par un sen prophete dist
Que trestoz les saivos d'est munde,
Qui cuident que senz lor abunde,
Lor sapiensa destruirit
E lor engin abaiserit.
So est cil qui sai en arere
A la sancta gent qu'adonc ere,
Qui ere senz negu mal vizi,
Anz aviant sen de justice,
E, per so qu'il no forunt mal,
Savem que trestuit forunt sal.
Vostre pere forunt iquil ;
Vos degnessés estre lor fil,
Mais per so que Deu non créez,
Ben i pareis que forlignés.
Ben savem tuit que Deus son fil
Tramist per nos en est eisil,
Qui nos gita de chaitiver,
O per nostre paire primer 16 v°.
Estiam tuit las e dolent,
Livré a mal e a torment.
Una pucella elesquet
I en aquella deisendet.
Anc la dama per sa *preignie*
Non perdet sa virginité.
Maria ot nom ; anc non fo tals,
Ni tant bona, ni tant leials ;
Anc non fo fenna sa secunde ;
De lei nasquet Deus en cest munde.
Vers deus ere e fu vers hom ;
Grant ben nos fist, per que l'amom.
Cest deu créem e cest est nostre ;
N'est pas iquest tals co le vostre.

---

510 ms. *m'ost.* 514 *E auaten si pot des des.* 551 *Quant oi guerpi tot.*

Iquest deus est seigner de glori,
Qui m'a promis de vos victori.
En so nom quanque m'est contraire
Sufrirei tot; non vos prez gaire. 17 r°.
Deus non volt pas que qui lo cret
E nulla guisa vencus seit. »
(A) grant pena ot chavoné
La dama so qu'ot comencié,
Cum uns d'iceuz plens de grant ire
Comensa feintament a rire
E dist en aut, oiant trestoz,
Cestes paroles e ces moz :
« Aï, baron riche de Rome,
Franc e cortès e gentil home,
Cum pot estre de nos sofria
Iquest granz torz e cist envia,
Que ceste dit contra nos deus.
Cest mals est a sufrir trop greus.
A toz jorz avés lor ben fait,
Trop sufrés d'eus; iso es lait.
Sachés ben que dreit n'i avés
Si d'iquest lait non les vengés.
Nos cuidavam qu'ella disist,
La dama, ren qui sen aguist 17 v°.
E qui de grant chosa parlast
E nos deus non contrariast.
Pero aitant s'est aesméa
Que les saives d'esta contréa.
Per lei, que sola fenna ere,
A toz fait venir l'emperere,
Quar ben savem a sa parolla
Que n'est pas saiva, anz est folla.
E dit non sai de qual Ihu
Que vers deus est, qui uns hom fu.
Losenge est quant que ella dit :
Unques major hom non oït.
Iquest, que illi loc tant,
Escharnissent petit e grant.
Uns seus deciples lo vendet
A un pople qui lo pendet.
Bien sai que il n'agrunt pas tort.
Quar primes fu jutgés a mort.
Hanc encontra lor jutgement 18 r°.
Non poc aver defendement.
Mais ci disciple, qu'il ot doiz,
Vengrunt al sepulcre de noiz,
E savem que son cors emblerent
E d'iqui unt fo mis l'osterent ;
Pois troverunt grant leugeria
E una mala tricheria :
Distrent que resuscitas ere
Cil o distrent, mais non o ere,
E pois munté, veiant toz euz,
A son pere amont els ceuz ;
Mais (ben) savem que es neienz,
Losenga e contravamenz.
(N)on pot mais escouter la dame
Que non responde a cest home :
« Mes comensamenz est oi bons ;
Asas val(t) meilz ml't que le tons.
De celui pris comensament
Que quant que es fist de neient.
Iquest sire fei mi e tei
E quant que tu veis e il vei ;
De lui e per lui sai que est
Tot quant que fu e quant que est. »
(A) la dama dist uns dels maistres :
« Tosa, de nient nos enpaites.
Si deus fu, cum t'oi mantenir,
O filz Dé, cum poït murir ?
S'issi fu, cum t'oi afermer,
En qual sen (l')poguit morz sovrer ?
Iso non est ni gent ni bon,
Ni n'i entent point de raison,
Que cist que morir non p(o)oit,
Si cum tu dis que deus estoit,
En qualque maneira murist.
Si deus fust, ja mort non sufrist.
(E) encora diz autres choses
E mervil mei, cum dir o oses :
Pois que fu morz, reviscola, 19 r°.
Alla e vene, bit e menga.
Saches, mervilles diz e torz
Que Deu en terra ve(n)qués morz,
E, si ben outre ce t'esteit
Qu'il fu per ver le quals que seit,
Saches que pas non otreium
Qu'il poguist estre deus e hom :
Anc so non fu, ne nos estot,
Ni vers non est, n'estre non pot. »
(Q)uant oït la sainta pucella
De son seinor itar novella,
Mervilles ot el cor grant ira
E si li comensa a dire :
« En iquesta desputaison
Devers vos n'i oi, si mal non.

670 ms. *nos espaventes*. 676 *ni noi*.

Per so que creire non volez,
La verté losenge clamez.
Dites que Deus, si il fust hom,
Si cum vers est, beu o savom, 19 vso.
Ja *mort* ne sovrast mais qual vos;
So afermez tot a estros,
E encora dites vos peis
Qu'il ne fu pas e hom e deus.
Cil qui de nient fist quant qu'est
Tot quant que volt, tot li est prest.
Si Deus non presist forma d'ome
Ja autrament non salvast home.
Per so solament mort sufrit
Qu'home deslivrast, cum el fist.
Mais si vouz saver la verté
E de tot so certanetæ,
Laisa ister cesta créensa
E cesta folla sapiença;
Lais l'ergoil e la paianie,
Que tu as contra Deu chargie.
Si vols intrer en bones vies,
Tu es maistre, diciples sies.
E pois poras saver en bré 20 rto.
Quals la poesté est de Dé;
E quant creirés so que créum,
Savrez que Deus fu per nos hom.
Quant que véem e tu e eu
Sunt les richeises Damideu.
Saches que qui en son nom creit
Non pot estre que sals non seit.
Cesta créensa a tal vertu
Qui dona durabla salu
E les morz fait reviscoler
E les torz dreitament aller.
Ml't est riches sa poestez
E ml't es granz sa déitez,
Per la qual resorzent li mort
E vant dreit cil qui erent tort.
Italz est li vertus de Dé
E li lebros en sunt mundé;
E si tu d'iso non me creis,
La qual chosa ben faire deis, 20 vso.
Esgarda los sanz Damidé
Qui ant de lui tal poesté
Que als sorz rendent lor oïa
E a ceuz qui mort sunt la via.
Si non fust Deus poisanz e forz,
Non per lui fust destruita morz;
Si non fust hom, ja non murist,
Ni ja passion non sufrist.
Sachos, si il non fust vers Deus,
Ja non féist véer les ceus,
E, per so que vers deus esteit,
Faiseit tot quant que il voleit.
De lui savem qu'el fo tant forz
Que per lui fu destruita morz,
(E), en so que vers deus esteit,
Savem que murir non poe(i)t;
Mais, en so que el fo vers hom,
Murit per nos, iso créum.
Deus, qui ere esperitauz, 21 rto.
Recevit lui, qui est mortalz,
Mais tant fo poëstaïs Dés
Que al terz jorn resucités.
Anc non perdet divinité
Per so qu'il prist humanité,
E savem que Deus mort ocist,
Non ocist pas morz Ihu Crist.
E so que eu diu est raisons,
E ben est ma defensions,
E, si en vouz aver garent,
Eu t'en trairé lxa o cent.
Mes parolles sunt veres totes,
E si encores d'iso doptes,
Li diable, cui vos servez,
E que vos per deus coltivez,
Maintes feiées sunt costreint
Per lo nom Deu, que le tot veint,
Si que reconoisiant tuit
Que per Deu estient destruit; 21 vso.
Ja neguns d'euz so non disist
Que le filz Deu tot non poguist;
E encore si vos doptés
E nostra créensa blasmés,
Vos descréez e non pas nos.
Si so nun, fait est tot de vos;
E si vos volés desneier
So qu'oés a nos afermer,
A vostres deus estes contraire;
Vos parolles non prez mais gaire.
E sapchés bien tot planament
Qu'eu non di per eschapament,
Ni per so que Deus ait besoin
D'itals garenz; el non a soin;

---

703 ms. *morz nel sovrast.* 705 cf. 186, 707. — 712 *d. si cum el.* 717 *Laisa l'ergoil.* 731 *Ceuz qui sunt mort fait.* 746 *Que per lui* (point *non*). 773 *diables.*, 785 *desveier.*

Mais per so que tu saches bien
Que non pot mais muer de ren.
Quant diables est bien destreiz,
Marci non crit, mais ben li pest,
E, per so que il non ait peis, 22 rto.
Reconois qu'il est verais deus;
Mais tu, qui grant sen aver cuides,
Mervil me cum tot so refuides.
Ço que tu os e que escoutes,
Dés creire; per nient en dotes.
Non dés mais reprocher sa mort,
Dunt ot sa poësté si fort.
Tei livre méisme iso dient
E li teu (is)o garentissent
Qui de sa déité parlerent,
Ja seit so que il païn erent.
Per so que non sias doptos,
Dels meillors t'en nomerai dos :
Platon, qui fu avant vos saives,
Dels philosophes le plus saives,
Qui parla d'iquest nostre Dé,
Non pot mais celer la verté.
Il dist per ver que deus sereit
Qui sor toz autres regnareit. 22 vso.
Sibilla, qui païna fu,
Dist garentia de Ihu;
Dist, so savem, en son deité
La propriété del nom Dé.
La dignité de sa natura
Qui de tot mal fu neta e pura;
Dist que uns riches deus sereit
Qui sor toz autres regnareit
E per son pople deslivrer
Se laisereit a mort livrer,
Batus sereit, liés e pris
E en la crois penés e mis,
Mais tant sereit poisenz e forz
Que mort vencrit e non lui morz.
Aiso dist Sibilla de Dé;
Si tu non m'en crés, si crei lé.
Saches que tot iso vers fu
Que cist dui distrent de Ihu.
So creirés tu, si tu le vouz 23 rto.
Segunt ta lei tenir o os.
Ensolament so distrunt bien.
Mais non lor vaut neguna ren.
Ora t'ai, so m'es vis, mostré
Quauz est la poësté de Dé.
Si d'izo qu' eu t' diu non me crés,
Crei les miracles que tu vés.
Si tu non vols creire les mens
Dreiz est que tu créas les tens.
Saches, si gaires so preisase,
Autres garenz n'i amenese
Que so que distrunt de Deu cil
Distrunt des autres plus de mil;
Mais non voil les mens garenz traire
Encontra tei mon adversaire.
A ti méisme ai trait tes clarz;
Non te valunt gaires tes arz.
Tant est riches le Deus de gloire
Qu'a toz les sens dona victoire. 23 vso.
Si cesta garentia otreias,
Non pos muar que Deu non creias.
So que t'ai dit est ma créensa,
Mes enginz e ma sapiensa.
Si parler poünt li ten dé
E si d'iso an poesté,
Desneiant iso que eu di
Que non det pas estre issi,
O, si so non, parla per els,
Quar au mei est le Deus dels cels.
E saches qu'eu te respondrai
A toz lo meuz que eu savrai. »
(P)ro ot le saives escouté
Quant que dist la dama de Dé.
Grant raison a, beu o e(n)tent,
Respondet li alques breument :
« Si so es vers que tu as dit
E en tes livres seit escrit
Que Deus fist miracles en terra, 24 rto.
So est li renz qui ml't me grava
Que Deus ere e pois murit
E passion en crois sufrit.
Hom fu per crestianz salver
E per eus de mort deslivrer.
Dès que mort eschaper non pot
O es li poëstés qu'il ot ?
Cum pot auz autres profeiter
Qui a si non pot ajuer ?
Si se deslivrast senz doptansa,
Als autres donast esperansa. »
Iréa fu, s'ot grant despeit
La dama; si li respondeit :
« Saches per so que il est deus,
De(s) crestians seiner e cheus,

801 ms. *os*. 841 *queu te diu*. 855 *cestas garentias*. 886 *si le resp.*

Non pot murir, iso savom;
Ja non murist, si non fust hom.
Sa natura est celestiauz
E el est deus esperitauz. 24 vso.
Anc non murit, so sachés vos,
Si li chars non, qu'il ot de nos.
Unques Deus non fu mors ni pris,
Sachés que il est tostemps vis;
De Deu parol e d'autrui non;
Anc Deus non suffrit passion.
En so que (hom) el fo, per nos
Murit, so savem, a estros,
E per iso prist forma humana
Que home deslivrast de pana.
Diables ot home destruit
Per Adam qui manga del fruit
E per so qu'ot home vencu
Per home perdet sa vertu.
So est li raisons al fil Dé
Per qu'il prist nostra humanité.
Per nos de la virgina nasquet
E per nos suffrit maint despeit;
Per nos fu besoinés e pris, 1 rto.
A la perfin fu en crois mis.
Ja hom paradis non aguist
Se il per nos mort non sufrist;
Mais nos lo savem itant bon
Qu'il esgarda per tot raison.
Diables aveit vencu home,
Dreiz est que fust vencus per home.
Hom nos tollit nostre païs,
E hom nos rendet *paravis*.
Hom per son ergoil lo perdet,
Le verais deus lo nos rendet. »
(A) ciso que la dama dist
Le(s) saives toz esbaloït.
Non se sorent vers lei rescondre,
N'a raison non poünt respondre,
Mais per la vertu Damidé
Forunt tuit vencu e torbé.
L'uns comencet l'autre esgarder,
Anc non poguiront moz soner. 1 vso.
Quant iso vit li amperere
Que chascuns saives vencus ere,
Irasquet sei e per grant ire
Lor comencet iso a dire:
« Chati, mal aüré, dolent,
E vos non respondrés nient!
Ml't estiés l'autre jorn fer;
Ores n'osés plus moz soner.
Cisti fenna, que sola vei,
A vencu vos cincanta e mei;
L'autr'er la preisiés ml't poi,
Ml't m'avés fait, so vei, cort joi.
Non cuidasse pas que cent fennes
Saives, clerzesses, cristianes,
O un de vos *osast* parler
E una vos fait fouz sembler.
Cesta est sola e vos cincanta;
Ja mais de vos non tindrei comte.
Bien vei que o ses saives diz 2 rto.
Vos a toz vencus e oniz.
Neguns o lei parler non osa;
Anc fenna non fist mais tal chosa.
Chascuns s'en pot tener per fouz;
Vos n'avés pas d'izo lo lous. »
(D)unc respondet le maistre auz autres,
Qui ot parlé au la dame alques,
E parla o l'emperaor
Bellament cum ab son seignor:
« Emperere, so te voil dire:
Bien vei que tu as ml't grant ire.
Per ver te diu, so saches bien,
Unques mais hom per nulla rien
Non desputa o un de nos
Que non s'en tornast vergoinos;
Anc mais hom tant saives non fu
Qui vers nos aguest ja vertu.
N'est pas isi d'iquesta dame
Si cum de nos qui sosmos home. 2 vso.
Quant qu'ella dit si est tot bon,
Tot o aferme *per* raison.
Non parle pas coma charnauz
Mais coma chosa esperitalz.
Ab ses raisons e a ses diz
Nos a issi esbaloïs
Que n'avem point de poësté
De dire ren contra son dé.
Si ben poër en aviam
Contra lei parler non ausam.
Or *avem* oï sa raison
E sa grant predication,
Le nom de Crist e la verté
E la poësté Damidé.
Per pechaors en crois murit
E pois fu morz e seveliz

---

932 ms. *ch. dels saives.* 979 *oem.*

E del sepulcre o il fu mis
Resurrex e est trestoz vis.
Saches, tuit nos en mervillam 3 r°.
E de paor tuit en trenblam,
E tuit nos qui somes ici
Créem que i(s)o fut ici *(sic)*.
Empereres, so saches bien,
Non te fier en nos de rien.
N'est pas bona la toa sesta ;
Tostemps ert per nos descuverta.
Tei dé n'ant nulla poësté ;
Dês ores mais créem en Dé,
El deu qui cesta dama cret.
Nos avem tort, ella a dreit.
A Deu nos somes converti
E de tei nos partem ici.
Il est vers deus e fu vers hom,
Ja mais d'iso ne dopterum.
A cest seinor nos livrem tuit,
Ceste dame nos i conduit. »
(Q)uant oït so le mauz tyranz
E le traïtres suduianz, 3 v°.
Si a parlé cum hom irez ;
Arder les a toz comandez.
Comandé a que fussant pris
E en ml't grant foc siant mis.
Pris sunt si cum ot comandé ;
Les mans, li pié lor sunt lié.
Domentres qu'il sunt al foc trait
E il sufriront si grant lait,
Un en i ot d'euz qui parla
E toz les autres conforta :
« Baron, fait il, que faides vos ?
Non *sius* ja de ren doptos.
A Deu n'avom gaires servi ;
Priam li qu'ait de nos marci
E chascun de nos a(it) tant cher
Que el nos deigna apeller.
Anz que moiram, nos encoitam
Que sant baptisme recevam,
E pois serem nete del mal 4 r°.
E serem senz doptansa sal.
Neguns per paor non s'en fuit.
Anz creirem en Ihu trestuit. »
Cist ant ml't la dama preié
Que primes fusent batéié.
(D)unc lor respondet Katherina,
Lor compaigua e lor veisina :
« N'aiés paor, la dama dist,
Li fort chavalier Ihu Crist.
Li men ami, segur istés.
Ja del baptizme non parlés.
Le vostre sanz vos sera crisme
E iquez fues vos ert baptisme. »
Li ministre sunt apresté,
Qui les ant pris e ben lié.
Iquez cincanta saive(s) homes
Getent vilment en mei les flammes.
Iquest foront martyrié
Tuit ensemble cist ami Dé 4 v°.
E alerent a lor seignor
De novembre lo treizen jor,
Mais tant granz fu la vertus Dé,
Anc li peil non furont bruislé.
Anc li charz, ni la vestéura
Non sentit des flammes l'arsura
Genz e beuz avient les vos ;
Deus prist les armes de trestoz.
Qui véist quant bel il estient
Ja non dises *mas ver* durmient.
Per cest miracle que maint virent
A Damideu se convertirent.
Li crestian lor morz vëent
E les cors d'els ensevelient.
(D')iquez se fu Maxenz vengez
E, ja seit zo qu'il fust irés,
Feint se que el aveit grant joi
E parla a la dama un poi.
Quant vit que petit lo temeit 5 r°.
E nulla paor non 'n aveit
Una (grant) malvesté trova ;
Ja per so non l'enginnara.
Un petit la cuida fléchir
E son coratge amolleisir,
Loet la e promist li *mout* ;
Quant que voldreit li dareit tot.
Per ital art e per tal vize
Cuida que féist sacrifize
A ses deus, si cum il faiseit,
Qui sire e emperere esteit.
Parla o lei ml't bellament
E loet la primeirament :
« Virge nobla, digne d'enpere,
Ml't as bel cors e belle chere ;
Volguisse que t'aperceusses
E que mon coratge saüsses.

1025 ms. *dels mal.* 1047 *grant.* 1054 *mas ves.* 1071 *Q. seiner c.* 1079 *Ml't volguisses q.*

Ml't per ai grant dolor de tei,
Quar tu non crés los deus qu'eu crei, 5 v°.
E non sai que tu faire cuides,
Ni per que tu mes deus refuides.
Dist que diable sunt en euz;
Per so muras e ert granz duelz.
Cesta follia laisa ister,
Non te chal nos deus despresier.
Saches que il s'en vengerant;
Ja mais tant non te sufrirant;
Per ant sufert de ci que ore;
Negun mal non t'ant fait encore,
Tosa, de tei ml't me merveill,
Quar tu non prenz autre coseill.
Per quei non fais so qu'eu te di?
De ti méesma aies marci,
E seras, dama Katherina,
En après *clamœa* réina.
Tot ert mais fait so que voldras
E quant que tu comenderas.
Cil qui avren la toa amor 6 r°.
Sor toz autres avrent honor,
E cil que tu non ameras,
Ne que honorer non voldras,
Aisi s'istoient cum il erent;
Ja ren del meu non voil que queirent.
Cil que tu metras a ma cort,
Néuns d'iceuz non voil s'en tort,
E cil que tu voldras oster,
Saches, plus n'i porra ister.
Una ren te diu, Katherina,
Seras a egal de réina,
Fors (sol), tant que ma moller est,
Gira o mei e raisons est.
Mais tu serés de tot li donne;
Soz tei seren tuit li men home.
Encorá te farei honor;
Anc a autra no fis major.
Farei te faire senz doptance
Un'*esmaisna* de ta senblance. 6 v°.
Itant grant honor te farai
Qu'en mei la cipté la metrai,
E tuit cil la saluarent,
Qui davant lei trapasarent.
Cel qui non la saluaré
Senz nul respeit lo ché perdré.
Si neguns hom a ren forfait,
Si a lei s'enfuit, perdon ait.
Tosa, tot so te farei faire;
Non ert honors d'icesta maire,
Si un temple non te faisie,
O coma deu non te créie. »
(A) iquest moz la dama rist,
O lui parla e si li dist:
« Ml't seria ben aüréa,
S'isi *poïe* estre honoréa,
Qu'a m'esmaina tuit enclinessant
E pois trestuit la saluessant.
Si poïe estre faita d'or,
Ml't avreit en mei gent treisor,
O sivauz si d'argent esteie, 7 r°.
Ben m'istareit, mas menz vaudria.
Ci monéer qui me veirient
De pés e de preis contendrient.
Mais una ren voil ml't saver
Per certanea (e) de ver:
A ti o demant, emperere;
Quals ert cella nobla mateire?
Veirei? orei? porei parler?
Savrei del ben lo mal trier?
E si nol sai, porei l'apendre
E porei ces salus entendre?
Si trestot iso non pois faire,
Cest'honor non preso eu gaire.
N'ai cura d'iquesta beuté,
Pois que n'a plus de poësté;
Que cil qui m'esmaina veirant
Tuit enclin la saluarant
E dirent tuit petit e grant,
Dès que ton coratge savrant: 7 v°.
So es la nobla Katherina,
A cui chascuns de nos aclina.
Per so est honoréa issi
Que Deu son seinor a guerpi.
Or serai mais tostemps parlé
De mei per tota la cipté.
Ml't per serei richa, so sai,
Quant cest'honor de tei avrai.
Si voil guerpir lo rei de gloire,
De mei ert faiz itals memoire.
Bien sai que per paor de tei
Trestuit enclinarent a mei.
Emperere, so laisa ister;
Non (me) chaut ja d'iso parler.
Iso saches, en nulla guisa
En so que dis non serai prisa.

1112 ms. *Tu seras a.* 1116 *Sor tei* cf. 1572. — 1118 *fist.* 1130, 1139 *poin.*

Per nient t'i travaillerias,
Que ja ren non profeitaries.
Eu soi esposa Ihu Crist; 8 rto.
El est mes sire qui me fist;
El est ma nobleisa e m'amors;
El est ma gloiri e ma douzors.
A cest seinor me soi voéa;
Ja de lui non serei sevréa
Per promesses ni per menace,
Que ja tu ni autre me face.
A lui me comant e m'autrei;
Lui preu que li menbre de mei. »
(D)onc dist l'enperere à la dame
Cum a cella que il pas n'ame:
« Ge te cuidoie coseiller,
Si me volgueses escouter.
Que saiva feiras, so m'est vis,
Si féisses so qu'eu te dis,
Mais pois que ma vois n'as oïe,
Ni non preises gaires ta via,
Jamais coseil non te darei,
Mais ml't forment te jutgerei; 8 vso.
Qu'(a) mes deus sacrifiaras
O senz nulla marci muras. »
(D)onc li respondet la pucella:
« Cisti parola ml't m'est bella.
Deus méismes, le reis dels cels,
Cel per cui tu me vols (tanz) mels,
Sai que fu per mei falliés
E fu de diable temptés,
Dels Jueuz pris, livrés a mort.
Per mi sufrit icest grant tort
E, pois que so sufrit per mei,
Atretal per lui faire dei.
Per lui sufrerei ensament
Lo lait e l'onte e lo torment.
El m'a doné vertu ml't fort;
Per lui sufrerei de joi mort.
El per mei (se) sacrifia
A Deu son pere, tant m'ama:
Iso me plai e en soi léa 33 rto.
Que si(e) ab lui sacrifiéa.
Emperere, poesté as,
Mais per nient t'i fiaras.
Dels sers de Deu fais tos talanz;
So est granz torz e granz tormanz.
Uns temps vendra, saches en bré,
Que n'avras pas tal poësté,
Quant diables t'enportara
E sa poesté moustrara
Cestes penes, que ci sers Dé
Qui ren n'ant forfait ni peché,
Sufrirent o(i) paiseblament,
Tu sufrirés durablament.
El nom Deu ai si grant fiance
Per lui voil murir senz doptance,
Quar, si per son nom mort sufris,
Sai que avræi son paradis.
Emperere, per ta grant ire
Cuidos mei solament ocire,
Mais, saches, quant a Deu irai,
O mei pluisors enmenarai.
De ton palais per ver breument
Enmenarei o mei grant gent. »
(D')iso fo ml't irés Maxenz 33
E comanda a ses sirvenz
Que presessant icesta dame
E senz preieira de nul home
Despolessant la tota nue
E fust a corgées batue,
E en après icesta chose
Fust en la chartra ben enclose.
Isi fo fait co le reis dist;
Anc nulla pidés non l'en prist.
Quant a la chartra la menoient
(I)cil, qui mal la laideioent,
Si dist la pucella al tirant
Un petitet de son talant:
« Emperere, ml't ai grant joi,
Quar vei qu'a mon seinor m'en voi,
Per amor lui quar soi batue,
Prise e liée tota nue.
Ml't me plait, quar per lo seu nom
Soi misse en chartra e en prison,
Quar je sai per ver e so crei
Que el fu flajellez per mei;
El fu per mei batus e pris
E je per lui, dunt m'esjoïs. 34
Cestes tenebres, emperere,
Me darent durabla lumneire,
E tu, dès pois que tu muras,
En tenebres tostemps seras. »
Li ministre pas non cessoent
Qui la pucella flagelloent.
O verges de fer la batient
Tant que tres(tuit) lassé estient,

1199 ms. *que mes deus* cf. 148, 1215, 1832. — 1204 *mals.*

E quant estiunt iquist las,
Veniunt autre en euz lo pas.
Quant li primer se reposavont,
E li segont la tormentavont.
La dame pas non s'esmaiot,
Mais Deu lo sen seinor loot.
Gracias rendit a Ihu Crist,
Per cui cesta peina sufrist.
Pero so mandot le tiranz,
Si faire voleit ses talanz,
Cella peina li fust laiséa
Ni ja plus ne fust travailléa;
Mais n'ot cura d'iso li tosa.
Or fu plus forz e vertuosa,
Plus auta de l'emperaor, 34 vso.
Plus forz asés del feréor.
A l'aversaire Ihu Crist
Respondet so e si li dist :
« Malvais hom, qui non as vergoigna
Quar chavonas cesta besoigna,
Fai tot lo mal qu'as en pessé ;
Trestot lo sufrerei per Dé !
Per peines me dei a lui rendre,
Que per peines me volc reeindre.
Per la dolor qu'eu sufrirei
Sai que au los sanz Deu serei,
E tu serés en granz tenebres
Per iquès deus que tu célèbres.
Adonc sai que t'repentiries
D'iso que fais, si tu poïes.
(I)rés fu le tiranz forment
De la dame qui point nel tempt.
De rechef comandet seit prisa
E que seit en la chartra misa;
Comanda que fust flagelléa,
De fam e de sei cruciéa, 35 rto.
De sai XII jorz non menjast,
Ni vim ni aigue non gostast,
E qui ren li voldrit doner,
Si le reis l'en poït prover,
Senz nulla doptansa mureit;
Ja le reis marci non avreit.
Iqui volc que a Deu servist,
Ni cel ni luna non véist;
En tenebras volcit que fust,
Que ja nulla clarté n'aüst.
(E)n la chartra est misse la tosa,
Fere e cruel e tenebrosa.
Mais unques Deus non la guerpit;
De tot iquest mal la garist.
Li angel li furent tuit prest,
Que Deus tramist lai o ella est,
Qui ant la dame confortéa
E la charcer enluminéa,
Que li sirvent qui la gardoient
Per (la) paor fuir s'en cuidoient.
Tant granz fu la clartés iqui 35 vso.
Que tuit forunt esbaloï.
Anc uns al rei n'o ausa dire,
Quar savunt qu'il est de grant ire.
(E)ndementres sorz uns afaires
Al rei qui li fu ml't contraires :
Non pot muer per tal beson
Que nn' allast de sa cipté loin.
Tant furunt granz les uchisons
Que ses chavallers 'n a somos.
As dereires parz de sa terra
Li faisient sei home guerra.
Lai en vait o ses chavallers
Per acordre e per guereiers.
Tandis que le rei alla lai,
So qu'ot fait d'esta donna sai,
Sa feuni e sa crueuté,
Sorent per trestot son regné.
Pertot alla cesta novella
Qu'ot le reis fait de la pucella,
Cum il fist ses bons clers venir
Per lei vencre e esbaïr,
E cum les a martirié,
Per so que il creiunt (en) Dé, 36 rto.
E cum a fait la dama batre,
Metre en preison o en chartre,
E comanda, anz qu'il allast,
Que de XII jorz non menjast.
Tant fu cesta chosa criéa
Qu'a la réina fu portéa.
Pois que apris so la réina
Que le reis fait de Katherina,
Ja soit so qu'ella fust païne,
Pidé ot de la cristiine.
Quant oït dire sa richesza,
Sa grant beuté e sa noblesza,
Ml't li pesa en son corage;
Per pou de dui que non enrage.
Ml't per volguist o lei parler,
Mais vergoina ot grant de l'aller.

1316 ms. *Ni ja cel.* 1331 *non o.*

Ensorquetot aveit paor
Que so fust dit l'emperaor.
Tandist que de so porpensot
E per lo palis sola allot,
Si encontra un chavaller,
O cui se puet ben conseiller.
Seneschals ere cil lorei ; 36 vso.
Le reis l'amot tant coma sei.
Porphires aveit nom le ber ;
Deus lo li ot fait encontrer.
Ml't ere pros, francs e corteis ;
Quant qu'il voleit faisit le reis.
Bien saveit cist conseil doner
E l'autrui conseil ben celer.
Ml't l'amava l'enperairis
E Porphires lei a toz dis.
Descovre li sa volunté
E requist li per amisté
Que les gardes d'iqui ostast,
En qualque sen les apaiast,
Qu'au la tosa poïst parler
E tot son estre demander :
« Amis beus, dist l'emperairis,
Tu m'ames ml't, si cum m'es diz.
Soz cel non es mais cella rens
Cui je dississa mon porpens.
Cesta noit ai véu merveilles
E non sai que tu m'en coseilles.
Ml't dopto de la vision ; 37 rto.
Pero n'i entent, si ben non.
Mais voil estre morta que viva,
Si non o sai, tant soi pensiva ;
E saches, quals que la fin seit,
Saver voil qu'avenir m'en deit.
Cesta pucella, que ml't am,
De la qual eu e tu parlam,
So m'ere viaire, veia ;
Bien veilloie e non dormia.
Séit sei en una maison ;
Ot grant clarté tot d'environ.
O lei se séiant baron ;
Non'n i aveit un, si blanc non.
Li vout d'euz estiant clarer
Que non los poïn esgarder.
E la dama si m'esgarda
E aproismer me comanda
E, quant en fui vers lei alléa,
E ben près m'en fui aproisméa,
Dinz de la man a un d'icelz
Que il aveit josta si prés,
Prenneit una corona d'or 37 v
E donet mei cest bon tresor ;
Sus la testa la me meteit
E en après si me diseit :
« Emperaris, cesta corona
Te tramet Deus e la te dona. »
Amis, so m'estuet a viaire ;
Non sai que tu m'en loes faire.
D'esta vision que je vi
Ai isté pois pensiva eisi
Que non pois bevre ni manger,
Ni pois durmir ni reposer ;
Per so voil parler ab la dame.
Anc mais so non dis a null home ;
Tu sols o sas ; per so t'en prei
Que tu me condues a lei. »
Quant Porphires iso oït,
A sa dama respont e dit :
« Dama, tu o comandaras,
Iso e l'al quanque voldras.
Ja te dei eu ml't obedir
E a ta volunté servir.
Saches per ver que eu farei 38
Per tei tot quant que eu porei,
Ja seit so que li emperere,
S'il pot saver que eu so queire,
O mei s'iraisseret forment.
Dama, tu sas que pas non ment.
Mais non remandret per tot so
N'aies tot ton voler a pro,
Quar saches d'icesta pucella,
Qui tant per es savia e bella,
L'emperere a fait de llei
Grant estoutia e grant enoi.
Escontra lei manda doctors,
De son réisme les meillors,
Buns clers dialeticians,
Gramaires e rectorians,
Qui contra lei desputessant ;
E si vencre la poëssant,
El lor promis qu'il lor darit
De tot lo meilz que il avrit.
Mais anc vencre non la poguirunt,
Ni anc vers lei forsa n'aguirunt.
Toz les convertit a son Dé ; 38 v
Tal vertu dona Deus a lé ;

1427 ms. *Dicesta vision*.

E l'emperere per iso
Los a toz ars viz en un fo.
Mervilles vi avenir lai,
Mais miracles fo bien, so sai.
Unques los draps ni lor chaveuz
Non tocha fues a trestoz euz.
Anc pois, saches per ver, réina,
So que dist cesta Katherina
De nos deus, qu'il n'ant poesté
Ni tant ni quant contra son Dé,
Non pot a mei issir del cor.
Tal porpens ai, per poi non mor;
E cuit que cist, que nos sirvem,
Non sunt pas deu, que sol faisem.
Si nostra leis m'o laisast faire,
Qui est als crestians contraire,
Legeirament, so saches ben,
Féisse de lor deu lo men.
Mais de quant tu conseil requers
A mei qui soi tes chavallers, 39 rto.
Alam as gardes, il sunt mal,
Mais donam lor pro, non sai al,
Que il d'est afaire nos celent,
N'al rei, ni autre n'o revelent. »
A la chartra Porphires vait,
A una part les gardes trait;
Tant lor a promis e doné
Que quant qu'il vol ant outréié.
La noit e il e la réina
En vant a santa Katherina;
En la chartra amdui intrerent
E la santa dama troverent.
Grant clarté aveit entorn lé
Pertot d'environ e de lé.
Iqui viront tant grant clarté
Que tuit forunt espavantó.
Per la grant clarté que il virent
Ambedui a terra chaïstrent;
Pois sentirent ml't grant odor,
Coma si fust de mainta flor,
Qui les conforta senz doptansa
E lor dona grant esperansa. 39 vso.
Dunc dist la dama o grant amor:
« Levez d'iqui, n'aiés paor.
Sachés bien, so dist la pucella,
Que Deus ambedos vos apella. »
Ambedui d'iqui se leverent
E la santa dama esgarderent.
Séit sei, (e) environ lé
Ernnt li angel Damidé,
Qui les plaies e lo cors gent
Li sanavunt o oinement.
Autri prodome veil *i* esteient
Dejosta lei, qui se séient.
Tuit cil avient blans les vouz,
Onez e simples, beus e douz.
De l'un d'iqueuz, d'un ml't bel home,
Prist una corona la dame;
El ché la réina la mist
E a *ique(s)t* veuz homes dist:
« Seinor, cesta est, dist Katherina,
D'esta cipté dama e réina.
D'iquesta dama ai Deu preié
E el m'o a ben outreié 40 rto.
Qu'ella seit *e* ma companía
Coma la mia chera amia,
E iquest chavallers ensemble.
Deus les ame ml't, so me semble. »
« Bella dama, respondunt cist,
Tu es esposa Ihu Crist;
Tes préires a Deus oïes;
Bien i parcist qu'en lui te fies,
Per amor del qual tu es prise
(E) en iquesta charcer mise,
E quant que tu querras a Dé
Saches que il t'o a doné.
Cist dui, qui sunt venu ici,
Sunt per ver Damideu ami;
Martire sufrirant per lui;
Non tarzare(nt) gaire ambedui.
En après euz sufriras tu
Martire per (lo) nom *Ihesu*. »
Adonc comensa Katherina
A cumforter ml't la réina;
« Réina, aies coratge fort;
Garda que ja non temes mort. 40 vso.
Saches bien que d'ici terz jor
Irés a Deu, lo teu seinor.
Per iquesta mort trapassabla
Avrez senz fin via durabla.
Per les peines que sufriras
La glori Damideu avras.
Amia, menbreiste de tei;
Non creire ja de ren lo rei.
Saches, n'as pejor enemi
De l'enperaor ton mari.

1488 ms. *non o.*

Son ergoil est provéa chosa;
Mæravilla est cum so faire osa.
Per iquestz deus, als quals il sert,
Sacha per ver que perdus ert.
Lais ister ton mari mortal
E pren espos celestial,
Ihu Crist, qui de ses amis
Met les armes en paradis. »
A cestes parolles que dist
La santa amia Ihu Crist,
Porphires, qui après lo rei
Aveit toz les autres soz sei 41 r°.
E aveit asés grant richeisa
E grant valor e grant nobleisa,
Li comensa a demander
Qual esteiant icil loer,
Que Deus donæ a ceuz qui l'ament
E qui per so nom se reclament.
E la dama li respondet :
« Cil loier sunt d'autres esleit.
Porphire, so li dist la dama,
Petita est li via d'ome.
Ml't per est fouz qui trop si fia
En richeisas d'iquesta via.
A ajoster demorent ml't,
Mais tot s'en vant; per so les dot.
Porphire, esgarda esta cipté :
N'est pas, so te di per verté,
Tals cum fo ancianament;
O pire o mendre est verament;
E ensament o diu eu d'autres.
Apercever pos iso alques;
Mantes choses méismes tu
Qui n'i sunt pas, i as véu. 41 v°.
Eu méisma, que soi ici,
Pluisors choses sai que i vi,
Qui n'i sunt pas, so sai ben ore.
So qu'eu voil dir entent encore :
Vez mainz chastels, maintes ciptés,
Fortareces e fermetés;
Non sunt pas oi e forunt er;
N'est pas isi d'iquest loier.
Tu me demandes, so m'est vis,
Que promet Deus a ses amis;
Trestoz el cel los seus corona
E via durabla lor dona.
Cest loier unques oilz non vit,
Ni unc oreille non l'oït,
Ni unc cors non pot porpesser
La grandeisa d'iquest loi(e)r.
Neguns qui lai vait non s'esmaia;
Lai a soleit, qui tostemps raia.
Ja laïnz ira non avra,
Ni ja sofraita n'i sera.
Tal joi i a e tal richeisa, 42
Que ja lai non avret tristeza.
Lai a toz bens sens nengun mal;
Qui iso a, que querré al ?
Icest mundes, o estes vos,
Est mals e fers e tenebros.
Tuit cil qui naisont, tuit murant;
So gardant il qual la farant,
Tandis qu'il sunt en cesta via;
Gardant sei de faire follia,
Créant Deu e non fasant mal;
Si aiso fant, il serent sal;
En après cesta mort vivrent
I o Damideu regnarent.
Cil avrent iquest grant loier,
Qui Deu amont e qui l'ont cher.
Lai n'avret ja noisa, ni cri,
Ni nulla paor d'enemi.
Lai avret joia senz nul plor
E santé senz nulla dolor.
Tuit cil qui cest loier *avrant*
Coma le soleitz resplandrant. 42
Neienz est de quant qu'eu vos di
Avers que cil *sunt esjoï*,
Avers que veirés par verté,
Si vos creés en Damidé. »
Les a la dama sermonés
E tant bellament apellez
Grant joi ant de so que a dit
E d'iso que lai chascunz vit.
Ml't per les a bien conforté;
Cist creirem mais tostemps en Dé.
Congié pristrent de Katherine
E Porphires e la reine.
De la chartra eissent joios;
Deus les conduia ambedos !
Trestuit son mais aprestè cist,
Per amor del nom Ihu Crist,
Lo mal sufrir e lo martire
Que lor fara le reis lor sire.

1561 ms. *De son ergoil.* 1587 *esg. cesta c.* 1590 *O plus malvaisa o.* 1594, 1597, *qui no i.* 1635 *orant.* 1638 *cil nant queu v di.* 1641 *Tant les a.*

(Q)uant virent Porphire lo jor
Li chavaller l'emperaor,
Demandant li o a isté
Ni unt el a la noit veillé ;
Demandant unt forunt il dui
De la réina e de lui. 43 rto.
Porphires lor a respondu
E non lor dist pas o il fu :
« N'avés, fait–il, d'iso que faire ;
Parlé avem d'un pou d'afaire.
Un que que nos aiam isté,
Non nos *sosmes* pas demoré.
Sachés ben que lai o eu fui
E o nos fusmes ambedui,
Bien otrei que nos i alèsmes,
Mais anc de mal non i parlesmes.
Nostra parolla fu de Dé
E de ben e de léeuté.
En esta noit avem oïe
La via de durabla vie
E la poësté al fil Dé.
Or conoisem sa déité
E savem que follia fu
Quar autres deus avem créu.
Per so vos o di a toz vos :
Si volez creire so que nos, 43 vso.
Conseil vos don sor tota ren
Créés en Deu lo soveiren.
Si volés estre mei ami,
Anz que nos departam d'ici,
Icès deus que vos coutivez
Laisés (les) mais e les guerpez,
E créés Deu, el paire bon,
Que il vos poieré el tron,
El Deu qui fei e mi e vos,
E sant e bon e glorios.
E lui créés e lui amés
E a lui trestuit vos livrés.
El a sor trestoz seignoria,
El vos daret durabla via ;
A ceuz qui l'amen ml't lor done,
De granz bens les reguiardone,
E vout d'iceuz qui non lo créunt
Que durablament dampné siunt.
Ab la pucella Katherina
Nos tenem e o la réina,
O cella que le reis a prisa 44 rto.
E a grant tort en chartra misa. »
Ml't i aveit dels chavallers
Qu'aveit ml't l'enperere chers ;
Doi senz e plus en i aveit
Lai o Porphire(s) so diseit,
Qui trestuit créirunt en Dé.
. . . .
Per lo cosil de lor ami
Se sunt a Ihu coverti.
(L)i pucella fu ben gardéa
E la chartra fu ben ferméa.
Neguns hom tant ardis non ere,
Si cum avit dit l'emperere,
Qui ren li donast a menger,
Ni qui o lei osast parler.
Doize jors aveit ja isté
Qu'ella non aveit ren mengié,
Mais cel qui Daniel paguit
E dels leons son ser garit,
Cel a tramis a sa pucella
De cel una columba bella.
Colla columba la nuirit 44 vso.
E tenc la dama fam n'aguit.
Quant forunt iquist jorn passé,
Damidés aparut a llé.
Cesta pucella a apelléa
Coma s'amia e sa privéa :
« Filla, conois tu ton seinor,
Per cui sufres cesta dolor ?
Eu soi Ihs Criz, le teus sire,
Per cui sufres iquest martire.
Ista segur e ama mei,
Que ja non me partrei de tei. »
Quant ot nostre seiner so dit,
Lai s'en torna dunt il venguit
E la pucella tant cum pot
A esgardet o el allot.
Endementres venc l'enperere,
Qui a tot iso pas nou ere ;
En Alexandre la cipté
Venc cist enemis Damidé.
Cil qui deguist pais aporter
Deveit encore guereier.
Mandet a toz ses chavallers, 45 rto.
Princes, proouz e justisers,
E dist a toz cesta parola :
« Seit amenéa iquest(a) folla.
Veirem si *le* fams pas la vent,
Ni si la preisons la costrent.

1682 ms. *Que crees en*. 1707. Le vers qui devait rimer avec celui-ci manque dans le ms. 1723 *dama que fam*.

Veirem si en nos deus (vol) creire,
E, si so non (vol), sempres *mure*.
(D)e la chartra ant trait la dame;
En Deu se fia, non tem home.
Davant lo rei l'ant amenée
E al tirant l'ant présentée.
Le reis agarda la pucella;
Mervilla sei, que ml't fu bella;
Cuida que fust ml't maigresia,
De fam sa faci espalaïa;
Or veit qu'il est joianz o bella.
Les charcer(er)s en aut apella;
Cuide qu'il li aient doné
Alcuna ren que ait mengé;
Comandet que siant destreit.
Los deus jurot en que il creit,
S'il non dient qui l'a pagua, 45 v°.
La morz est a euz avenua.
La santa pucella que fist,
Quant oït so que Maxenz dist?
Tant per fu de grant franchetė
Que non volc celer la verté.
Non vol siant batu a tort,
Ni que ja per lei prenent mort.
Per so que non fossant batu,
Dist a l'emperaor cum fu:
« Enperere, *sas* una ren.
Tort as d'iso, non fais pas bien.
Tu es sore homes posés,
Seiner e reis per so clamés,
Que tu los mal(vai)s travaillesses
E ceuz que mal ne font laisesses.
Si so non fais, a tort es sire.
Si cist se poünt escondire
Que il ren non me donessant,
Per qual raison batu serant?
Pois que en la chartra intrei,
Saches, unques pois non mengei.
Si tu o dis, sai que tu menz;
N'est pas dreiz iquest jutgemenz 46 r°.
Que per mi siant cist batu,
Qui non savont qui m'a pagu.
Saches, anc non me paguit hom,
Ni en la chartra n'agui fam.
N'oi pas vienda corporal,
Anceis l'agui celestial.
Deus, qui pas los seus non guerpist
E de fam e d'al les garist,
Cel m'a per son angel tramis
Toz les mengers que eu ai pris.
El est mes deus, que eu ml't am,
Qui non me laiset aver fam;
El est mes sire e mos espos;
N'est autre deus mais el toz sols. »
(Q)uant ot le tiranz qu'ella dist,
Una ml't grant feunia fist.
Paor ot que fust acusez
E de ses chavallers blasmez.
Tant per l'a la dama *blasmé*,
Laisés les a, nels a toché;
Pero si ot el cuer grant ire
E si li comencet a dire:
« Tosa, dit t'ai (a) maintes *reies* 46 v
Que tu nostres deus non despreises.
Mervilles ai grant dol de tei
Per so que sés filla de rei,
Que non sai qui t'a enchantéa.
Mala fus, quar (bor) tu es néa;
Sai que tu es de grant linatge.
Per so est folli e grant rage
Que tu de nos deus n'aies cura.
Iquest coratges trop te dura.
Ml't te volguessa deslivrer
E, si estre poïst, amer.
Si féisses so qu'eu te di,
De joi en aguessa marci.
Granz temps a que t'agues ocisa
Dès le primer jorn que *t'oi* prisa.
Respeit t'ai doné per coseil;
Si non l'as pris, ml't m'en merveil
Dias mei qual coseil as pris:
Ja mais non t'ert nuls termes mis.
O als deus sacrifiaras,
O ja mais respeit non avras
Que tu tormentéa non sias, 47
Tro tant que moires o que créas.
Lo qual que seit t'estuet a faire:
O creirés, o non vivrés gaire. »
E la tosa li respondet:
« Eu non te quer negun respeit.
Vivre voil mais en ital guisa
Que cel per cui amor m'as prise
Aprés ma mort seit à ma via,
Quar de lui non me partrei mie.
Ben voil murir per mon seinor;
Non ai de mort nulla paor,

1812 ms. *ceices*, cf. 1960. — 1814 *A mervilles ai*, cf. 694. — 1827 *toi*.

Quar bien sai que après la mort
El me daré via tant fort
Que ja mais non porei murir;
A tal seinor fait bon servir.
Si tu travailler fais mon cors,
Aitant en pos trover defors,
Quar l'arma dedinz non te tempt;
A lei non pos faire nient.
Deus me daré un cors ital
Apres iquest, quo ai mortal,
Quant serei en la glori Dé, 47 v°.
O tu n'avras ja poësté.
Chaiti, fai tot quanque tu vouz.
Non sias ja franz, mas cum fouz.
Porpessa penes, quer tormenz;
Ml't demores, e que atenz ?
Mos Ihu Crist m'a apellëa,
A cui je soi del tot donéa;
Non li ufrarai pas toreuz,
Ni bos, ni vaches, ni véeuz,
Mais, per so qu'ait de mei merci,
Ma charn, mon sanc li sacrifi,
Quar el fei de si sacrifici,
Qui ere mundes de tot vici,
Per mei a Damideu son pere.
Mi li ufris, n'ai ren plus chere,
Emperere, e ti diu so
Qu'uns jorz seret per ver apro
Que tu avras un aversaire
E, saches, non tarzeret gaire,
Que la testa te trencheré,
Mei e les autres vengeré.
Aisi serés sacrifiés 48 r°.
A diable, cui t'es donés.
Pero, si creire me volies
E les deus que tu creis guerpies
E créesses en Deu lo men,
El qual créent li crestien,
Ben pories termes aver
E cest jutgæment eschaver. »
(D')icest moz s'irasquet Maxenz,
Ses mans detorz, seret ses denz,
Chosa, menasa, bat les sonz,
Iréament les a somos :
« Chaitiva genz, vos que faisés ?
Cest grant ante per que sufrés ?
Cest'enchantaressa so dit
Que unques mais néun non vit;
Ni mi ni vos non preisa un uo.
Sufrerés vos lonjament so ?
Pero, quar *so a* en penser,
Faisem tot son cors desmenbrer
Si que li crestian o veiant
E ja mais tant ardi non siant
Que contra nos deus diant ren. » 48 v°.
Tuit outreiunt que il dit bien :
« E donc, fait il, quar la prennés
E malament la tormentez.
Per so que ves nos a tal tort,
Voil que moira de mala mort,
E pois voirem si deus iquist
Que il apella Ihu Crist
Encontra toz nos la guaré.
Cist socors a tart li vendré.
Cesta dit que il est els cels;
Sachés de ver, li creis granz duels :
Anz que il poscha estre venus,
Seret ses cors toz derompus. »
Cil firent son comandament;
La dama menent al torment.
Tandis que cil la tormentavont
Qui ml't laidament la menavont,
Dol en aguiront, *tal (n')i ot,*
Mais nuls ajuer non li pot :
« Tosa, fait il, porpessa tei;
O nos te ten e nos deus crei.
Mala fu unques ta beutés, 49 r°.
Tos granz sens e ta richéés.
Meilz (valt) que tu lor obedisches
Que tu si laidament perisches.
Tosa bella, de grant paratge,
Lais ister tot iquest coratge.
Pren l'onor en esta cipté
Que le reis te darit de gré.
So est li chosa non oïa,
Si tu mais ames mort que via.
Coseilla tei, tosa, non faire;
Dreiz e raisons te sunt contraire.
Non te dés mia pou preiser,
Ml't dés ben aver ton cors cher.
Ml't fés bella; dol en avem;
De ti méisma te preiem. »
(L)a dama lor a respondu;
Da quant qu'il dient pou li fu :

1858 ms. *q. te vouz.* 1862 *Mos seiner Ihu C.* 1875 *non te tarzeret.* 1896 *en son penser.* 1911 *lei creis.* 1923 *E tos gr.*

« Laisez, fait ella, ister cest plaint;
Vostre sermons n'est pas trop sainz.
De ma beuté per quei parlés ?
Vostres parolles *degastés*.
Ma charz, que vos florir véez, 49 vso.
N'est mais itaus co l'fens dels prez.
Dès que l'esperites s'en part,
L'erba del cors florist a tart.
L'erba seche, les raïs gaisent;
Li charz purist, li verm en naisent,
E pois devenunt li verm terra;
E quant an chavoné lor guerra,
A tart cesta beutés recovre,
Pois que li terra l'est desovre.
D'ici prist son comensament
E ici fenist ensament.
Per nient avés dol de mei;
Chascuns prenna de si corei.
Sachés que cest cruciamenz
Non sunt a mi nuls dampnamenz;
Cesta veie me met a via.
Quanque vos dites est follia.
Vos devriés plandre, non mei,
E vostre sire le reis sei,
Quar sachés ben e vos e il
Eu von a joi, vos a peril. » 50 rto.
Per iso que la dama dist
Maint créirant en Ihu Crist.
De lor pechés se repentiront,
A Damideu so convertirent
E pero vers l'emperaor
Se celavont per la paor.
Celavont se, non pas per mal,
Mais per la paor e per al,
Quar ml't lor ere bel e bon
Qu'il véissant la passion
De la dame, per cui il tement;
Ml't lor ert bel que il la veient.
(E)ntretandis sort uns del(s) lor,
Dels chavaliers l'emperaor.
Cist aveit ml't grant poësté;
Prooz ere de la cipté,
Cursates ere apellés
E ere ml't del rei privés.
Quant vit cist que le reis enrage,
Si li fist creistre son coratje.
Forsennés fu ml't le tirantz,
Mais ore fu plus cent itanz : 50 vso.
« Empereres, fait il, que fais ?
E tu non sés ren faire mais !
Isté as en tanta besoina,
Ml't per dès aver grant vergoina.
Venge tei de tes enemis;
E cesta fenna cum sufris ?
Emperere, escouta *me* un *poi* :
Irés es; eu te farei joi.
Non set Katherina que quert.
Un torment fai; dès quant i ert,
Ja mais non li pendra talanz
Que contrarit nostres deus granz.
Dès que sera iqui penéa,
En pou d'ora sera domtéa.
Emperere, comanda donc
Jus catre jorz, eu t'en somont,
Que siant faites roes catre,
A l'ergoil Katherina avatre.
Faitos siant, si cum dirai;
Pece a que porpessé o ai : 51 rto
Des catre roes les dereires
Serent defors les plus corseires;
Dedinz cestes serent les autres
E serent d'eles menors alques.
A so faire covint granz senz,
Quar en cestes roes dedenz
Clavel agu fiché serant,
Que tuit defors aparestrant.
Iqui avret claveuz o pointes;
El(s) rais en que elles sunt jointes
Espessament serent feru
E serent trenchant e agu.
Celles qui tot defors serant
Tot en un sen torneierant.
Encontra lor abrivamenz
Torneierant celles dedenz.
Quant tuit li clavel i serant
E les roes torneierant,
Seit amenéa Katherina.
Si vol mort, ben li ert veisina.
Si iqui es nos deus non cret,
En iquest torment misa seit. 51 vso
Li un dels clos la derumprant
E li autre l'esguiræranl.
Iqui sera deslazeréa
E en *mainte* sen desmenbréa.

1940 ms. *ella laises cest*. 1945 *Non est mais itaus co le fens*. 1960 *veiea*. 1967 *Maint en creirant*. 1994 *un pou*. 2003 *Jus catrez jorz*, cf. 2004, 2008, 2121 et 2163. — 2007 *Pecesa*, cf. 115, 2119, 2206 et surtout 2563.

Li crestian qui so veirent
En nos deus tostems mais creirent. »
(T)ost fai faire l'enemis Dé
So que cel li ot enseigné.
L'enginnere e qui lo fist
Ambedui siant malaït !
Quar unques hom en son vivent
N'oït parler d'ital torment.
Le tormenz fu faiz per estude;
Ardis est qui non le refude.
Pero le maistre qui lo fit
S'encoita al plus qu'el poït.
Al terz jorn comanda Maxenz
Que fust aportés le tormenz
E a comandé de la dame,
De la qual se plaint e se clame,
Que, si ja mais li contrasteit,
Qu'il seit prise e liéa estreit, 52 rto.
E seit gitéa laidament
Sorz les clos trenchanz e poinenz,
E seit le cors deslaserez
E en cent mili senz sevrez,
Si que li sen paor aient,
Qui ital ren de lei veirent.
Asés ot iqui qui féist
So que li emperere dist.
Les roes furunt aportées
E el mei la plasa posées.
Anc neguns non fu si ardis
N'aguist paor, quant il les viz.
Anc la dama paor non ot;
Nuls tormenz non l'espavantot.
Deus aveit sa pense afermèa,
Non pot estre espavantéa.
Les roes erunt isi faites,
Le(s) rais, les juntes e les fraites,
Si cum vos diz primeirament,
Quant eu parlei d'icest torment.
En un sen les unes viroient
E les autres encontra aloient.
En totes elles ot claveuz, 52 vso.
Trenchanz, agus coma coteuz.
Li clou defors deslaseroient
So que iquil dedinz laisoent.
Sor les limes trenchanz d'acer
E sor les clous qui ml't sunt fer
Sempres cuiderent que murist.
Nol voleit Deus, n'olla non fist.

El cel agarda la pucella
E son seinor so(l) on apolla.
Son seinor preia bellament,
Per cui ere en cel torment :
« Deus, qui *a tes* amis ajues
E en torment les esvertues,
Qui anc neguns de tes amis
A negun amte non guerpis,
Seies au mei e si m'ajua,
Que ta poëstez seit saupua.
Seiner Deus, cest torment *desfai*
Au fouzers, que trametes sai.
Tot so destrui e lo deslasza
Ensament que fai soleilz glaza,
Que iquest qui sunt d'environ
(Tuit) donant lou a ton sant nom.
Seiner, tu sas qu'eu non dic mia 53 rto.
Per paor ni per co(a)rdia;
En so, seiner, que ti plairé
Voil murir e bel me seré.
Sire, a tei voil ben venir,
Quar a mervilles te desir,
Mais per so o di, non per al,
Que cil que per mei serent sal
E creirant en tei, reis de gloire,
Siant segur de ta victore,
E en esta confession
Perseverant en ton sant nom. »
N'aveit l'amia Deu privéa
Sa raison encor chavonéa,
Que li angels (Dé) deisendet,
Qui totes les roes fondet.
O aisi grant enbrivament
Destruisit tot iquest torment
Que les juntures en romperent
E alz paīns qui iqui erent,
Qui cesta merville agardoient,
Les peces qui d'iqui voloient
De tant grant vertu sorz euz vindrent
Que catre millers en ocistrent.
Aisi ajua Deus als sons. 53 vso.
So fu dols e confusions
L'emperaor e als paīns
E fu granz jois als crestiis.
Le pobles Damideu fu lés
E le tiranz fu ml't irés.
Non sot que faire le chaitis;
Mais volguist estre mortz que vis.

---

53 ms. *claveux*. 2086 *autres*. 2004 *Tot soi destrui*. 2099 *paor e ni*. 2111 *encor a chav*.

Tot so esgardot la réina
Que Deus faiseit per Katherina.
Dès quant vit cesta grant venjanse,
Anc pois n'aguit nulla doptanse.
Primeirament s'en redopteit
Per la paor qu'ella aveit,
Mais ore segura fo tota;
Non ot paor, de ren non dopta.
Encontra la forsennant beste;
La réina se manifeste,
Davant lui vait iréament.
Ml't parla raisonavolment :
« Chaiti, fait *ella*, forsenné,
Per quei te combaz tu o Dé ?
So est mala forsennarie 34 r°.
E granz malvestés e feunie,
Que tu o ton faitor guereis.
Fouz es, non faire, n'est pas dreiz.
Cuidas tu que ja ben t'en prenna
E que Deus ben non t'en costreigna
D'iso que tu fais contra Dé
E encontra crestiandé ?
Per que non te ven en porpeis
Qualz est le deus als crestiens,
Cum il est forz e es poisens ?
E unt es or icest tormens
Que tu avies aprestè
A destruire l'amia Dé ?
Li santa tosa l'a destruit.
Chascuns qui faire o pot s'en fuit.
Saches que tu serés muez,
Coma chaitis mal aürez,
D'iquel seinor, qui tant es forz
Que dels tens quatre mili a morz,
E maint dels tens ant ben véu
Sa poësté e sa vertu.
A Damideu sunt converti 34 v°.
E Deus a d'euz agu marci.
Granz est le deus als crestiens,
Qui s'est vengés de tos paiens. »
(Q)uant oït so que dist sa fenna,
L'enperere toz s'en forsenna.
Tant est irés per pou non fent;
Apelléa l'a ferament :
« Réina, so qu'es que tu dis ?
As tu donques nos deus guerpis ?
Ben parles coma forsennéa ;
An te crestien enchantéa :
Si nos deus laises, so est torz ;
Si tu o fais, près est tu morz.
Las, fait il, que soi devenuz ?
O est ma forza e ma vertuz ?
Las, qui m'a malmené ma fenne ?
Mais volguisse perdre mon regne.
Ja iso non cuidei véer.
Que fairei ? toz me desesper,
E per l'amor que ai o lei
A martire la livrarei.
Les autres, qui iso veirant,
A loi mal eisemple pendrant,
E nos deus, cui devem servir, 55 r°.
Farent a *lors* maris guerpir ;
Farant los creire en cel deu,
Que mistrent en crois li Jueu.
Réina, dist le (malz) tiranz,
Iso ert dols e marimanz.
Si tu vols nos(tres) deus guerpir,
Si te farei breument murir.
Si non fais al(s) deus sacrifici,
Ml't farei de ti grant justici.
Saches, lo ché te trencharei
E ton cors als chis gitarei.
Ja n'avrés autra sopultura,
Si cest porpens guires te dura,
E saches ben entredomentres
Non te farei pas murir sempres.
Grant pesza te travaillerei,
Quar les menbres te trencherei.
Aisi me vengerei de tei,
Dès quant tu n'as cura de mei. »
A ses sirvenz a comandé
Que presessant iqui es lé
E tenguessant la ben e fer
E presessant claveuz de fer,
Les mamelles li percossant 55 v°.
E del pez les arangessant.
(L)or dama prenunt li sirvent.
Quant la menavont a torment,
Li ben aürea réina
Agarda santa Katherina,
Di li e preia bellament
Cumma cella en cui s'atent :
« Virge, per amor Deu preu tei
Prées nostre seinor de mei,
Per amor de cui soi liéa
E aisi laidament menéa.

2142 ms. *fait sella*. 2213 *E presesses*. 2223 *Que prees*.

Anz qu'eu sufrischa passion,
Dama, fai a lui oraison
Que el mon cors meta en ben,
Que per paor de nulla ren
Non poscha perdre la corona,
Que Deus a ses chavallers dona;
Quo fenna est chosa muabla;
Ma charz est euferma, non stabla.
Per so covint que Deus me prennæ,
Que ma créensa non *'n amerme.* »
(D)unques respondet Katherina
O grant dousor a la réina : 56 rto.
« Réina, n'aies pas paor;
En Deu te fia, ton seinor.
Aies cor d'ome, nun de fenne;
Deus t'a aprestó lo sen regne.
Per iquest regne trapassable
Avrés el cel via durable.
En lue d'iquest mari mortal
En avrez el cel un ital
Que ja non muré; so est Dés,
Per cui amor en iso es.
Per iquesta mort avrés via.
Ista segur, en Deu te fia.
Oi recevras per cest torment
Lo regne Deu durablament. »
(A) mervilles fu confortéa
E de trestot aseguréa.
Ceuz que la deviant travailler
Chosa, quar la fant demorer.
Li maistre plus non (se) tarzerunt;
Fors de la cipla la menerunt.
Per les mamelles li mal ser
Li passerent cupeus de fer.
Tant les tortrent e les tirerent 56 vso.
Que del pez las li arancherent,
E pois, quant orent iso fait,
Si a l(i) uns son glaive trait:
A la dama trencha la testa.
El mès de novembre est sa festa.
Al terz jorn d'iquel meis alla
A Damadeu, qui tant ama.
La noit pris Porphires lo cors
Qui ere toz sols reinas defors;
De ses amis mena o sei
Qui l'amavont mais que lo rei,
Tals qui ben lo sorunt celer,
Quar ml't erunt sei amiu cher.
Lo cors de la réina prist,
En terra a grant honor lo mist.
Al matin, quant le jornz parut,
Fu cest afaires fort saupuz.
Sorunt ben que le cors preserent;
Damandent e serchent e querent;
A pluisors o ant sovre mis
Que il avient le cors pris
E per so les volunt ocire,
Mais so non plot pas a Porphire.
Devant l'emperaor en vait; 57 rto.
Si li a dit so per que fait :
« Empereres, tu fais grant mal;
D'iso que cuides sunt cist sal.
Si ben grant mal fait aguessant,
Per iso garir déussant.
Dreiz e religions requert
Que cors d'ome, pois que morz ert,
Non sia mia als chiens guerpis,
Anceis det estre sevelis.
E en iso apareis bien
Que mals homs est sor tota rien,
Que comandes dels umans cors
Qu'als chiens sient gité lai fors.
(I)so non est dreiz ni mesura
Que cors non ait (sa) sepultura.
N'a en terra tant fera gent
Que ja féist cest jatgament,
Que cors, dès qu'el non sera vis,
Non soit per dreit en terra mis.
Si tu jutges que cil mal firent
Qui la réina sevelirent,
Cesta colpa met sore mei
Qui n'ai nulla paor de tei.
Emperere, si so far oses, 57 vso
Condemna mei d'icestes choses.
Sachez que eu, qui soi ici,
Ai la réina seveli.
D'iquest blasme ai ml't grant joi,
Ni eu non tenc pas iso a poi.
Ja non plasa a Damideu
Qua icest blasmæ ait hom mas eu.
Per cest blasme voil solz murir
E les autres de mort garir.
Eu soi cel; ben o pois mais dire;
Non lais pas, per paor de l'ire,
Que la réina ai mis en terra.
Pou *preu* ta menassa e ta guerra. »

2233 ms. *E ma charz est enferma non istabla.* 2235 *non mamerme.* 2252 *conforteei.* 2281 *airent.*

(O)r fu ml't irés le tiranz
Plus que il non esteit davanz.
Un plaint gita cum forsennés
E coma leons afamés,
Que tuit iquil qui iqui erent
D'iquest plaint se meravillerent :
« Ai las, chaiti, fait il, que soi,
Que mes amis perc e mon *joi*.
Per que vinc anc en ceste vie ?
Natura m'est ml't enemie 58 rᵗᵒ.
Qui me fist en cest munde naistre.
Or vei que tota rens m'enpaite.
De que serei mais emperere,
Quant isi pert tot mon enpere ?
Porphires, que eu tant amoie
Que *neuz* m'arma li comandoie,
El qual sol mes cors esperoit
E mes trevailz s'i reposoit,
Quant que il voleit fait esteit
O fust a tort, o fust a dreit,
Non sai qui *lo* m'a enchanté ;
Diables lo m'a soplanté.
Nos deus resfuida e despreit,
En tant cum pot e cum il seit ;
Icel deu creit e ten per sen
(En) que créient li crestien,
Cellui qu'apellunt Ihu Crist,
E, el méisme m'o a dit,
Cest a soduite la réina.
Non blasmærai ja Katherïna ;
Cest fu ses conseus e s'ajua ;
Per cestui sai que l'ai perdua.
Mais, ja seit so que il m'a fait 58 vˢᵒ.
Icest grant hunite e cest lait
E de ma fenna ital damage,
Non quer d'icest tort autre gatge
Mais d'izo qu'a dit se reneia,
Preie nos deus, aor e creia,
E se meta en nostr'amor,
Si cum il faiseit l'autre jor.
Ml't l'ai amé, il o sat bien ;
En sa man ait trestot lo meu.
Si ma fenna est morta, il est vis ;
Non quer mais qu'il me seit amis,
Rei e seinor siam amdui ;
Non me voil pas iraistre o lui. »
Quant l'emperere ot so dit,
Toz ses amés que iqui vit,
Ses chavaliers, qui iqui erunt,
E lor seinor iqui seguerunt,
Trait l'enperere a una part
Per grant engin e per grant art.
De lor seinor a euz parla ;
So est le majer dols qu'il a.
De Porphire fist question 59
E d'icesta conversion,
Mais anc gaire non l'escouterent,
Quar d'un coratge trestuit erent.
A una vois li distrent bien
Que tuit il erent crestien ;
Ja de Porphire lor seinor
Non se partrent a negun jor ;
Tuit creirent el deu que el cret,
E Deus dont que meilz lor en seit.
Quant vit iso le malz tiranz
Que cest damages est trop granz,
Irastre se comensa fort
E menasa tuz euz de mort ;
Cuidet que paor aguessant
E per so se repentessant ;
Commanda que fossant lié
E al torment ml't tost mené.
(Q)uant vit Porphires ses amis,
Qui estiant lié e pris,
E menavont los tant vilment,
Cum plus poïent, li sirvent,
Ml't tem que il sian torbé
E per menassa espavanté,
E per so de que a paor 59
Si a dit a l'emperaor :
« Emperere, so per que fais ?
Non dés euz pendre que mi lais.
Eu soi d'euz e princes e chés ;
Sils vei murir, le danz ert meuz.
Si mei primeirament non venz,
En gran bada iquez destreinz,
(E), pois que tu m'avrés vencu,
Cist n'avrent mais nulla vertu.
Demanda so que ti plairé
E Porphires sols respondré. »
Le tiranz a dit a Porphire
Per contraire e per grant ire :
« Pois que d'euz es seiner e chés
E tu lor fais guerpir nos deus,
Coveinabla chosa est e dreiz,
De quant tu lo deu de cel crez

2328 ms. *que foi*. 2342 *qui la ma*. 2372 *lenpereres*. 2384 *creirerent*.

E lor seiner es e lor chés,
Que mals t'en veina toz primers,
E deis avant tes chavallers
Tormentés estre toz primers, 60 rto.
O primers te dés repentir
Si tu non vols o euz murir. »
Quant ot le reis issi parlé,
Si a de toz euz comandé
Que siant fors la cipté trait,
E Porphires, qui iso fait,
Perde lo ché toz le primers,
Pois les trenchant as chavallers;
Quant lor serant li ché trenché,
Siant li cors als chins livré.
Li sirvent o ant issi fait;
Damideus d'euz las armes ait!
A Deu alerent tuit ensemble
So venc al quart jorn de novembre.
(L')endeman si fu l'emperere
Plus irés que davant non ere.
N'est pas ben dels martirs vengez,
Ni de lor sanc ben saolloz.
Venger se vout de Katherina,
Per cui a perdu la réina.
Comandet que seit amenéa 60 vso.
E si seit a lui presentéa.
Quant l'ot fait venir, si li dist
Que so qu'a comencé guerpist;
« Ja *ceist* so, fait il, que senz failla
De toz iquez *sés tu* colpabla
Que as mes en destruiement,
Non sai per qual enchantament,
Lis ister tot iquest corage
Ni onir jamais ton lignage
E quer a nostres deus perdon,
Quar il sunt fait si douz e bon,
E pois poirés o nos régner
E a ml't grant honor ister.
Nos nos o atarzer ja mais;
Que, saches ben, si tu no fais,
Que non voil plus terme doner
Non te faza lo ché trencher.
Saches que tu iso farés
O encoi la testa perdrés. »
(L)a dama li a respondu 61 rto.
Coma cella o cui Deus fu :
« Reis, fait ella, je soi ml't forz :
Via me donra cesta morz.
Saches, senz nulla coardia
Voil aver mort qui done via.
Ja mais non te voil alunger,
Qual qu'ora te voldras si fer.
Fai quant que tu voldras de mei;
Non guerpirei Ihu per tei.
Ja del nom Deu no me partrai;
Per amor de lui sufrirai
Tot lo mal que tu me farés.
Saches, ja al de mei n'avrés,
Quar mon seinor, en cui esper,
Voldria dès ores véer.
O les vergines voil estre mout;
Je i serei vere senz dot.
Plus tost serei al tormenter
E plus tost avrei mon loier. »
(A) cest moz que li donna dist
Le tiranz ml't irés se fist. 61 vso.
D'iqui comandet seist ostéa,
Fors de la cipté seit menéa
E senz respit a comandé
Que a lei tranchessant lo ché.
Quant la menavont a cel lue,
Que de la cipté ere *prœ*,
Regarda sei e vit grant gent
Qui erunt de lei ml't dolent.
Ml't i aveit fennas e homes,
Riches barons e riches donnes,
Qui tuit ensemble la ploroent
E sa grant beuté regrætoent.
(Dès) quant les vit e vit les duels,
Devers euz vira ses (douz) *ueuz*;
Dist lor que non la ploressant,
Ni ja non la destorbessant :
« Dames, so lor dist la pucella,
Cesta passionz m'est ml't bella.
Trop avés mol cor e legier;
Non me devés mia plorer.
Cist dols, que vos de mei avés,
So n'est neguna pietez. 62 rto
Cesta pietez n'est pas bona
De destorbar ma grant corona.
Si pieté de mei avez,
Ma passion non destorbez.
Si saviez *si* que je soi,
Quar a Deu mon seinor en voi.
Sachés, so lor dist la pucella,
Que Ihu Crist mes deus m'apella,

2447 ms. *iquez sed tu*. 2461 *O en cor.* 2470 *que te voldras* cf. 1858. — 2480 *Co plus tost.* 2487 *que li trenchessant.* 2508 *pide.*

Qui est m'amors, moz deus, mes sire ;
Per lui vou de joi a martire.
Dames, laisés ister cest plaint ;
S'eu voil murir, que vus en taint ?
Sachés que en van me plorés :
Follia est ; itant perdés.
Vos devés, non pas mi plorer,
Que non me volés resembler.
Vos estes digues de grant plor.
Qui estes en ital error.
Si en so vos laisés murir,
Ben vos covent plor e sospir. »
Après so que la dama dist 62 v°.
Un pou d'espazi al garçon quist
Qui li voleit lo chê trencher,
Tant que poïst un pou ourer :
« (D)eus, qui est dels martirz salus,
E des virgines gloria e vertus.
Graces te rent, Criste Ihu :
Seiner Deus, loés seies tu.
Dès ores me rent mon loier,
Seiner, que ti plairé done(r)
En la virginal compainia,
Dunt ja mais non serei partia.
Una ren te quer, Ihu bon,
Que tu me dones iquest don
Que cil qui m'avrent e memoire
Ton regne aient, reis de gloire,
E tuit cil qui ma passion
Remenbrarent en ton sant nom.
Se il sunt en peril de mort
O en alcun afaire fort,
Si il m'apellunt e me rovent,
Seiner Deus, (que) marci i trovent. 63 r°.
Seiner Deus, fai a toz perdon,
Que tuit se loan de ton nom.
Séi(en)t *ostés* de lor presenza
(E) fams e seis e pestilenza,
Ni ja n'aient enfermeté
Ni alcun' autra adverseté.
(Que) li ars lor sei(en)t salvables
E trestoz le temps covinables.
E aient chascun jorn tresluit
De lor terres planté *en* fruit.
Seiner deus, faites o itant ;
Mon esperite te comant.
Sai que mes termes vengus est :
Lo glaive vei ici tot prest.
Or me rent, seiner, mes soudées
Que tu m'as peces a donées ;
Lo teu sant angel me tramet
E o(vec) les virgines me met. »
Anz qu'aguest sa raison fenia,
Una voiz de cel ot oïa.
Cella vois que ella oït 63 v°.
Si li a ml't doucement dit :
« Amia, ven segurament
A Deu, cui as servi tant gent.
Tosa, bona fus unques néa.
Li glori Deu t'est aprestéa.
Saches, per cesta passion
Avrés durabla mansion.
Tuit li sant Deu omnipotent
Atendunt ton avenement.
Les virgines encontra ti vi(e)nent
E ml't grant joi de ti demenent.
Amia bella, douza, ven
E non dopter de nulla ren.
Saches que quant que tu quis as
Eu t'autrei que tot o avras.
Tuit cil que tei remenbrarent
E ta festa celebrarent
So sachant ben e iso créent,
En qualque travail que il sient,
O en peril o en sofraita,
Dès quant cest'oraison as faite, 64 r°.
Aver poïnt grant esperanse ;
Ajuarei lor senz doptanze.
Quant que tu as requis ici
Eu t'autrei que seit tot issi. »
Quant ella ot fait s'oraison
E Deus li ot doné cest don,
Estendet lo col al sirvent
E si li dist ml't bellament :
« Mos termes est, dist la pucelle,
Ihu Criz mes sire m'apelle.
Fer me *donc*, dist l'amia Dé,
Con tes sire t'a comandé. »
Cel levet sus, auza l'espéa
E a li la testa trenchéa.
E iqui es apareguirent
Dui miracle qui avenguirent.
Anc sanez non isit de la dame.
Tant l'onoret Deus e tant l'ame

2525 ms. *coitent.* 2535 *que ti plaire a done.* 2545 *alcun autre afaire.* 2546 *mapellunt e me preiunt.* 2557 *terres plantain fruit.* 2600 *Fer e dona.* 2601 *Si con tes.*

En lue de sanc en isit laiz:
Ja mais n'ert autre garenz traiz
De la santa virgineté, 64 v°.
Forz iquist miracle de Dé.
Après cest miracle del lait
'N a nostre seinor autre fait.
Iqui vindrent li angel Dé,
Qui ant pris lo sant cors de lé
E si l'enporterunt d'iqui
Ml't loin el poi de Synaï.
Iqui savem que lo poserunt
E il méisme l'enterrerunt.
Ml't ere loin cel pois d'iqui
Unt la pucella ot mort sufri.
Mais i aveit de vint jornées,
Mais en pou d'ora sunt allées.
En cel lue Deus (fist) granz vertus
E iqui est reconogus.
(U)n autre miracle pres ml't
Qui vers est e de ren n'en dot,
Quar del sepulcre o ella geist
Uns rivez d'oile tostemps neist.
Tuit cil qui vant a icel poi
O poünt véer encora oi, 65 r°.
E neis en ces os plus menus
Est oiles a présent véus,
O que que il siant porté:
So sat hom ben de vérité.
E (li) malapde qui s'en oi(n)ent
Negun autre metge non poinunt.
Iqui essa sunt tuit sané,
Itals est li vertus de Dé.
Issi convertit Katherina
Les chavallers e la réina,
E tant grant mal per Deu sufrit.
Per cui martire recevit.
So venc el quint jorn de noembre;
Alla a Deu, cui de nos membre.
Per Deu suffrit iquesta peina
El seuten jorn de la setmaina.
Endreit terci sufrit martire
A tal ora cum Deus ses sire.
A ital jorn con Deus murit
Icesta donna mort sufrit.
Renda li a son guiardon 65 v°.
E li a doné si grant don
Cum vos avés desus oï.
Criam li donc trestuit marci
Que de toz nos menbreist a lé,
E faisa(m) oraison a Dé
Que nostres pechés nos perdon
E via durabla nos don,
Qui per toz segles vit tostemps,
Durables Deus. Amen, Amen.

Hec in monte Syna, de qua loquimur, Katherina,
Quo lex ante data Moysi, requiescit humata.
Angelicus cetus, de tanta virgine letus,
Hec loca munivit, dum corpus ibi sepelivit.
Sic mundum vicit, ut presens pagina dicit;
Sic virgo mansit, sic martyr ad ethera transit.
Sursum letatur cum Cristo, cui sociatur;
Illa conjuncta vivit per secula cuncta.
Te precor, hunc ora, virgo, quum venerit hora,
Tunc memorando mei partem mihi det requiei.
Sic AUMERICUS, Pictave gentis amicus,
Eximie vitam Katherine transtulit istam.
Sit locus in celis monachis sancti Michaelis, 66 r°.
Quorum pars sumus. Per secula vivat hic unus.

FIN.

Vers latins: 4 ms. *dum corus* (*cor*⁹) *ibi*.
8 Après *conjuncta* un *p* barré, puis *vivit*, puis un autre *p* barré Je supprime le premier. — 9 ms. *qd* (*quando*), puis *crt*⁹ (*ertus*?), puis *hora*.

2609 ms. *Ja mal*. 2644 *so avenc*. 2649 *A ital ora*. 2657 *E en faisa*.

NOTES ET CONJECTURES.

Vs. 4, 16, 18, *Mult* (multum) ordinairement représenté par l'abréviation *ml't* est cinq ou six fois écrit en toutes lettres dans le ms., tantôt, comme ici, *mult*, tantôt *mout* 1069, 2478, tantôt *mot* 175. — 34 ms. *sil sen joit*. La correction *s'il s'en (es)joit* cf. 1264 me paraît préférable à *si il s'en joit*, cf. 30. — 36 *voltrun*. Le ms. porte *voltrum* (cf. *creirem* 1646 et *vim* 1310), mais le dernier jambage de l'*m*, quoique mal effacé, parait avoir été effacé à dessein. — 49 *qui iso*. V. la note du vs. 1517. — 54 *qua* = *que*. *A* dans ce ms. remplace très souvent l'*e* muet, quelquefois l'*é* fermé (*comanda* 840, *resuscitas* 633), plus rarement l'*e* sourd final des monosyllabes ; cf. 1939 *da* = *de*, 2315 *qua* = *que* et peut-être 2342 *la* = *le*, et 2138 *encontra la* = *encontra lé*. — 65 *terræ* R. *querre*. *Æ* dans le ms. a la valeur d'un *e* simple, et est, comme l'*e*, tantôt muet, tantôt fermé, tantôt ouvert. — 73 *Or vei*. ms. *r vei*. Le copiste a laissé en blanc la place de toutes les lettres initiales des paragraphes. — 78 *pais*, forme unique pour *pas*.

106 *persis*. ms. *persir* ou *perfir*. *Persir* très usité aujourd'hui dans l'ouest au sens de *presser*, *serrer fort*, *écraser*, n'a point laissé, que je sache, de traces dans l'ancienne langue. En tout cas, il faudrait ici *persis*. Je me décide pour cette dernière forme, qui est peut-être le partic. de *persire* = lat. *persequere* (cf. Burguy, II, 210). — 109, 113, *Véez*. Prononcez-le monosyll. cf. 1599. — 133 *c'oït*. ms. *co* très lisible ; les deux lettres finales, barbouillées, forment des traits confus que je ne saurais mieux comparer qu'à un *y* mal formé. *C'* = qu', cf. 151, 179. — 143 *E fusses aléa*. ms. *Effusses* avec le premier *f* sous-pointé ; *ana* ou *aua*. Je ne vois rien a faire d'*ana* ; notre ms. d'ailleurs ignore le verbe *anar*. D'*aua* il n'y a guère a tirer qu'*ajua* (cf. vs. 514 et la leç. du ms.), qui ne convient pas, ou *aléa* qui, sans être brillant, convient mieux au sens ; cf. 1415 *alléa* et 1485 *alam*. — 184 *Deuz*, seul ex. dans ce ms. de l'orth. *deuz* pour *dels*.

225 *tu es*. On s'attendrait par suite de la propos. dubitative qui suit au condit. *que tu sereies*, mais la rime s'y oppose. Force m'est donc de considérer *si créesses*, non comme un dubitatif, mais comme un optatif. — 234 *apelleia*. Le scribe, entraîné sans doute par l'*ei* de *bateiéa* a mis *apelleia* pour *apelléa* ; cf. 467 *apelléa* R. *léa*. — 246 *Guerpui*. ms. *guerpui* avec un trait oblique très légèrement marqué, placé au dessus du deuxième jambage après le *p*, mais évidemment destiné, à en juger par sa direction, à séparer le premier jambage des deux autres. Malgré l'autorité du ms. je n'ai pas osé admettre *guerpiu*, le sens n'autorisant pas l'ind. prés. et l'analogie (cf. 249 *entendui* R. *sagui*) appelant *guerpui*. — 272 ms. *pro*, représenté par le sigle ordinaire, *mez mei*. Je ne comprends pas. Je corrige *pro* en *per*. Je prends *mez* pour *mers* (cf. 1904 *ves* pour *vers*) ; *mei* pour *mes* (misit) cf. *fei* 1868 et je traduis : *Au milieu des mers il plaça les terres*... — 290 *revunges*, mot qui m'est inconnu. Je corrigerais en *recunges* (prov. *reconjar*) et j'expliquerais : *De quelque manière que tu les rapproches de toi-même, que tu les embellisses en leur donnant la figure humaine* ; cf. 275. — 293 *encruches* = *enclutges*.

329 *veramentz*. Le *z* paraît avoir été ajouté après coup. — 345 V. la note du vs. 2033. — 363 V. la note des vss. 1529, 2033.

428 ms. *ert*. Avec *ert* le vs. est faux et cette forme dans notre ms. n'est jamais employée que pour le futur. La correction en *ere* est donc assurée ; cf. 1038, 1148. — 440 ms. *tornærent* corrigé plus tard d'une encre différente en *tornæront*. — 493 *Lor* étant ici pron. pers. je supprime l's. Je la laisse vs. 2191 à *lors*, adj. poss. malgré l'ex. du vs. 2557.

549 *faides li fer* et *si ardi* ne s'accordent pas bien ensemble. De plus *li fer* est incorrect. Peut-être faudrait-il corriger *estes si fer* ; cf. 2469. — 556 *trovoia*. Dans le ms. l'*o* semble avoir été surchargé et un *a* mis en sa place. — 575 et suiv. Il doit y avoir là une lacune. On ne voit pas de quel verbe *a la sancta gent* serait le complément. Je suppose qu'après le vs. 578 le copiste a omis deux vss., à peu près ainsi conçus :

Promist qu'un jor per guiardon
A trestoz dareit place el tron,

ou :

Trestoz les poiereit el tron (cf. vs. 1688),

et la phrase tout entière signifierait : *C'est lui qui, dans les temps passés, à la sainte gent qui vivait alors, qui, loin d'être en péché mortel, avait au contraire le sentiment de la justice, promit qu'un jour pour récompense il leur donnerait à tous place au ciel*. — 593 *Preignie* ne rimant pas avec *virginité*, il faut supposer ou que dans l'original il y avait un autre mot que *preignie*, peut-être *pregné* (prov. *prenhat*) bien que ce dernier s'emploie plutôt dans le sens de *portée* que dans celui de *grossesse*, ou que le scribe a passé deux vers, dont le premier rimait avec *preignie*, le second avec *virginité*, quelque chose comme :

Anc la dama per sa preignie
Non cessa d'estre Deu amie,
E, per so qu'elle ot enfanté,
Non perdet sa virginité.

626 *La dama*, ms. *a lama*. *A l'âme*, étant données les habitudes de style du moyen-âge, et les formes orthographiqu ordinaires à notre ms. (cf. 1568, 1852) ne saurait être adopté.

703 ms. *Ja morz nel sovrast*, ce qui rend la phrase inintelligible et *Deus* du vs. 701 incorrect. Le sens en effet est non pa *Vous dites que Dieu, s'il fut homme, la mort ne l'eût pas vaincu plus que vous*, mais : *Vous dites que Dieu, s'il eût homme, n'eût pas vaincu la mort plus que vous*. cf. 765, 830. — 781. Le passage m'embarrasse, et *si so nun* ne me par pas clair du tout. Voici comment je comprends : *Et si vous doutez encore et que vous blâmiez notre croyance, c'est vous êtes les mécréants, et non pas nous. Sinon* (c'est-à-dire, si vous n'avouez pas avec les diables que le fils de Dieu est tout-pui sant), *c'en est fait de vous. Et si vous voulez nier ce que vous entendez affirmer, vous êtes contraires a vos Dieux* (puisq de tous ces diables

Cui vos servez
E que vos per deus coltivez,

il n'en est pas un seul qui osât nier

Que le filz Deu tot non poguist).

885. Le ms. après la place laissée pour la lettre initiale du paragr. porte *ira fu sot grant*. J'avais pour corriger le cho entre *Irasquest sei* 933 (ou *s'irasquest* 1886), *aira sei*, verbe inconnu à notre ms. et *irea fu*. J'ai préféré ce dernier ; cf. 199 2127, 2172, 2322, 2437, 2483.

901. Nous avons cru devoir pour le sens changer l'ordre des vss. qui se suivent ainsi dans le ms. : 900, 903, 904, 901, 90 905, etc. cf. 917 et 918. — 920. On s'étonnera peut-être de trouver *paradis* au vs. 913 et *paravis* au vs. 920. Dans ce derni vs. le scribe avait d'abord mis *paradis*, mais ensuite il a sous-pointé le *d* et lui a suscrit un *u* (= v). — 945. *Osast*, v^{he} sing. cf. 1715 avec un suj. plur. *Osassent*, *osessant* feraient le vs. faux. Je ne saurais songer à un écrasement de la sy finale *osass'nt*. Je ne vois qu'une correction, grammaticalement peu correcte *osant*. — 970. *Per*, représenté presque parto dans notre ms. par *p* barré, est ici en toutes lettres. — 979. *Or avem* ms. *oem*. Le scribe, peut-être en vertu d'une associ tion d'idées amenée par *oi* qui suit, aura confondu *auem* de l'original (habemus) avec *auem* 32 (audimus), qui s'écrit aus *oem* 532. On trouve 1635 une confusion analogue ms. *orant* = *avrant*.

1018. *Sias* = prov. *siatz* = fr. *soiez*. Cf. 869, 1834 *sias* = 2533 *seies*. — 1054 *dises* (cf. 779 *disist*) *mas ves*. J'interprétera *mas* dans le sens de *sinon, si ce n'est que*; je prendrais *ves* pour *ver* (verum) cf. 1261, que le copiste a peut-être été amené écrire *ves* par confusion avec *vers* prép. cf. 1964 et je traduirais : *Qui eût vu combien ils étaient beaux n'eût certes dit aut chose, sinon que vraiment ils dormaient*. — 1030 *nout* en toutes lettres dans le ms. Voir la note du vs. 4. — 1098. Le scri (dans le mémoire envoyé au concours j'émettais l'opinion, me fondant sur certains faits graphiques, qu'il fût Valentinois après avoir d'abord écrit *clamaa*, semble avoir essayé de corriger *aa* en *œa*.

1120. *Esmaisna* est à remarquer auprès d'*esmaina* 1137, 1157. — 1136, 1139. Malgré la répétition de *poin* à trois vs. distance, il est difficile de ne pas corriger en *poie* (*poeie*). A la rigueur *poin* se traduirait par *on pouvait*, cf. 1346 *sorent* (c sut), 1412 *poin* (on pouvait), 2278 et sqq. etc., mais ce ne serait guère satisfaisant ici. — 1143 *Ci* = *cil*, cf. 647, 1227.

1517. *i esteient*. Sans doute on pourrait supprimer *i*, mais il ne me paraît pas contraire au génie de la langue du moye âge, dont les habitudes, sur ce point du moins, ont passé dans le français populaire de nos jours, de prononcer ici *ies* m nosyllabe, de même que 49 *qui so* pour *qui iso*. 2259 *quie* dans *qui ere* et 2313 *nieu* pour *ni eu*. — 1524 *iquet*. Je corri en *iquest*, cf. 55, 423, 1043, 1133, 2096. Le ms. présente une fois *iquestz* 1563 et *iquès* 1300, et cinq fois *iquez* = *iquest* 28 1041, 1059, 2407, 2447. — 1529 *e* = en. Cf. 363, 608, 1691, 2540. — 1546. *Jhesu*, partout ailleurs abrégé en *Jhu*, est ici toutes lettres.

1635. Voir la note du vs. 979. — 1638. Ce vs. est évidemment altéré par suite d'une distraction du scribe qui a reprodu presque textuellement le second hémistiche du vs. précédent. *N'ant* ne devait pas se trouver dans l'original ; c'est une affi mation, non une négation que le sens appelle. Je corrigerais *Avers que cil sunt esjoi*, càd. *Ce que je vous dis n'est rien comparaison de la joie qu'éprouvent ceux-ci, ceux qui vont là*; cf. 1611. — 1666 *sosmes*. cf. *sosmos* 968.

1723. *E*, écrit par sigle partout ailleurs, l'est ici en toutes lettres. — 1748 *le fams*. Notre texte présente *joi* (à côté de *joia* *anta* (honte), *olle* 2633 masc. comme en prov., mais je ne connais point en prov. d'exemple de *fams* masc. Il n'y a pourta rien à changer ; cf. 2550. — 1751 *mure*. Le subj. du v. *murir* est dans notre ms. *moire* 1835, *moira* 1905, prononcé *moueir* C'est donc *moire* ou *muire* qu'ici je substituerais à *mure*. — 1776 *sas*. Le sens appelle ici plutôt l'impér. *sache* que la 2e p. ind. prés. cf. 2098. C'est la correction que j'adopte, quoique la 2e p. s. impér. soit toujours dans le ms. écrite avec *s*, *sache*

1808 *blasmé* R. *toché* semble attiré ici par le *blasmez* du vs. précédent. Je serais presque tenté de le corriger en *voché*.

1812 ms. *reices* R. *despreises*. Le scribe avait d'abord écrit *despreies*. Ce n'est qu'après coup qu'il a ajouté un *s* en surlig entre l'*i* et le dernier *e*; cf. 1960 *veiea* = *veiee* càd. *veie*. — 1827 ms. *tol*, qu'il faut plutôt corriger en *t'oi* habui) qu'en *t'on* d'abord parce que la 3e p. pl. ind. prés. d'*avoir* dans notre ms. est *ant*, ensuite par analogie avec les vs. 353, 1701, 1841.

1896. *Pero quar so a en son penser*. Faut-il élider l'o de *so* devant *a*, comme l'o de *no* devant *i* 1594, 1597? Il n'y en aura pas d'autre exemple dans notre texte. Faut-il voir dans *a en* une synizèze ? La prononciation en serait peu facile. Je préfé supprimer *son*, cf. 1293.

1918 *tal n' i ot* ne me satisfait pas. Cette proposition est ordinairement renforcée et rendue plus précise par la présen de *anc*, *onc*, *jamais*. Je serais porté à corriger *Dol aguiront* (ou *'n aguiront*), *anc tal n'i ot* ; cf. 426, 595. — 1943 Cf. Plato

Gorgias XLIX διαφθείρεις τοὺς πρώτους λόγους. — 1947 et suiv. Je ne comprends pas bien ce passage. *L'herbe du corps* est une expression forcée, et, bien qu'amenée par la comparaison au milieu de laquelle elle est enclavée, cette métaphore jure avec la simplicité habituelle du style de notre auteur. *Beutés* avec un *s* est embarrassant. Faut-il comprendre : *A tart cesta* (*charz*) *recovre beutés* ou : *A tart* (*li charz*) *recovre cesta beuté* ? Qu'est-ce que *lest* ? On ne saurait songer à *licet*. Je pencherais à expliquer *lest* par *li est* (rapprocher *li est desovre* de 2280 *a pluisors o ant sovre mis*), et voici comment j'interpréterais tout le passage : *Ma chair, que vous voyez dans sa fleur, ne ressemble pas au foin des prés. L'herbe du corps, dès que l'âme s'en est séparée, ne fleurit que long-temps après. Tandis que, une fois l'herbe des champs séchée, les racines produisent de nouvelles pousses en abondance, la chair au contraire une fois pourrie, les vers en naissent et puis les vers deviennent terre et quand ils ont terminé leur guerre* (sans doute contre la chair dont ils se nourrissent), *ce n'est que longtemps après que cette même chair a été mise en terre* (m-à-m. que la terre lui est dessus), *qu'elle recouvre sa beauté* (au jour de la résurrection). — 1962 *Vos* est ici complément : *c'est vous que vous devriez plaindre et non pas moi,* cf. 2520. — 1965 *Eu vou*. Bien que *voi* soit la forme régulière, attestée par la rime 2511, je laisse ici *vou* qui se retrouve ailleurs 2515. — 1994 *escouta me un*.. pron. *escouta m'un...* — *Pou* : la rime exige *poi*. Notre ms. emploie les deux formes, cf. 2001, 2527.

2033 *En mainte sen.* Cf. 363 *E mantes senz*, et ailleurs 2073 *en un sen*. *Sens* est toujours du masc. en prov. et en franç. Dans *mainte* il faut considérer sans doute l'*e* non comme un signe du féminin, mais comme une voyelle auxiliaire, destinée à faciliter la prononciation (1). Nous lisons de même au vs. 345 *maintos clers* et je ne saurais expliquer autrement l'*e* final de *menbreiste* 1537 = *membrest* 393 = *membre* 411. — 2086 ms. *auts* avec un petit *e* au-dessus du *t*, càd. *autres*, erreur évidente du scribe, cf. 2122. — 2092, 2093 càd. *Détruis cet instrument de supplice en y envoyant tes foudres*; m-à-m. *avec foudres que tu envoies ça. Trametes* est une 2e p. s. du subj.

2142 ms. *fait sella*. J'ai corrigé *sella* en *ella*, d'abord parce que dans toutes les locutions analogues c'est *ella* et non *sella* que le ms. présente, ensuite parce que ce serait le seul exemple dans notre texte de ce pron. écrit par *s*. — 2191 Je conserve l'*s* a *lors*; cf. la note du vs. 495.

2235 Je comprends : *Il est bon que Dieu me prenne pour que ma foi ne me* (à moi) *diminue pas*. Ce *me* explétif ne me satisfait point. Je corrigerais volontiers *non'n amerme* : *afin que ma foi n'en diminue pas*; *en*, càd. par suite de la faiblesse et de l'inconstance de la chair. — 2269 V. la note du vs. 1517.

2313 V. la note du v. 1517. — 2315 *Qua* pour *que*, selon l'habitude très fréquente du scribe de remplacer *e* final par *a*. De même 1939 *da* = *de*, cf. vs. 64 et la note du vs. 2342. — 2321 *Pou preu*. Le copiste paraît avoir confondu *prez* (pretio) 606, 788 avec *preu* (preco) 2222, lui-même pour *prei* 1433. — 2329 *Joi* masc. comme *fams* 1748, *oiles* 2633 (2), *ante*, *amte*, *humle* 1891, 2089, 2355. — 2337 *neuz* est pour *neis*, comme *peus* R *deus* 183 pour *peis* (pejus) (3), *preu* 2222 pour *prei* 1433 (cf. aussi *Deu* 81, *Dei* 483, *Dé* 440) (4), et doit être pris dans le sens affirmatif, comme dans ces vers du ms. 927 de Tours, folio 183 r° :

Beau te soit se *neis* un sol jor
Pues estre en sest secle a enor.

J'expliquerais donc : *Porphire, que j'aimais tant, que je lui confiais même mon âme*, càd. *que je lui découvrais même le fond de mon cœur, qui était mon confident le plus intime.* — 2342 ms. *qui la ma*. Ou le scribe en écrivant *la* a mis *a* pour *e*, comme dans *da* 1939, *qua* 64, 2315, ou il a pris pour un *a* l'o de l'original. Je rétablis pour la clarté *lo* qui se trouve dans le vs. suivant.

2446 ms. *ceist* = 2484 *seist* = 2485 *seit* = 389, 391, *sei*. — 2447 ms. *sed tu*. J'avais d'abord corrigé *De toz iquez seics colpabla*, mais la forme extraordinaire *sés* = *seis*, correspondante à notre *sois* actuel se retrouvant ailleurs, 220 et 1815, je n'ai cru devoir rien changer ici que le *d* de *sed*. — 2450 *Lis ister*. Le lecteur rétablira facilement *lais ister*. Il y a un certain nombre de mots dont je n'ai pas rétabli l'orthographe, telle qu'elle devait se trouver dans le texte primitif, par ex. *lis* (lais) *palis* (palais), *cosil* (conseil), *poie* (poeie) etc. parce qu'elle paraît indiquer chez le scribe des habitudes phonétiques, curieuses à observer et qu'une correction aurait eu l'inconvénient de cacher au lecteur. — 2489 *prœ* (sic) = *proe*, *prue*, *pruef* (lat. *prope*). — 2497 Je n'ai pas osé considérer *ueuz* comme diérésé.

2510 *Si que* n'est pas inintelligible, pourtant je préférerais *so que*; cf. 1680, 1824. — 2550 *ostés* masc. à cause de *fams*, cf. vs. 1748. — 2557 ms. *plantain*. L'adj. *plantain* m'est inconnu. Je ne saurais trouver de sens à ce vs. qu'en décomposant *plantain* en *planta in*, càd. *planté en* (plenitatem in fructum). — 2565 vs. faux. Ni *E(nsembl')o*, ni *E(l cel)o* ne me satisfont, la conservation de la conj. *E* me paraissant utile. Je risque *ovec*, bien que je n'en aie pas remarqué d'autre exemple dans le poème.

2600 ms. *Fer e dona*. Si ma restitution est juste, elle prouverait que le scribe a pris le *c* de *donc* dans l'original pour un *e*, qu'il a selon son habitude remplacé par *a*, et par suite que les *a* = *e final* de notre ms. sont son œuvre et ne se trouvaient pas dans le texte primitif.

FIN DES NOTES ET CONJECTURES

(1) Cf. *Romania*, janv. 1878, p. 94 : Por li *mainte* miracle fist.

(2) *Oiles* masc. n'est pas tout-à-fait inconnu à la langue d'oïl :

Quar li saint (*corr.* sainz) uyles qui tant vaut
Apartament ensuit encore.
(Dou Juyf qui gita l'image Nostre Dame aus privées.)

(3) Cf. 705 *peis* R *deus*.

(4) Le scribe avait d'abord écrit ainsi le vs. 2403 :

Non *deuz* eus pendre, etc.

Puis il a sous-pointé le *z* et le dernier jambage de l'*u*, dont il a allongé le premier jambage de manière à représenter un *s*, *dés* = *deis* 740 R *creis*.

www.ingramcontent.com/pod-product-compliance
Lightning Source LLC
LaVergne TN
LVHW021637170726
843501LV00007B/2272

* 9 7 8 2 3 2 9 6 6 1 4 4 5 *